Whispers Through the Willows
Volume One

柳樹浪漫

Presented by
moscareto | Tsukimi Ayayoru | Yen-Chi Hsu

※小說中的背景及設定皆為虛構，與現實中的人物及地名沒有關係。
※此小說以韓國解放後未分裂之君主立憲制的虛構現實為背景著作。

目錄

Whispers Through the Willows
Contents

비드나무 로맨스

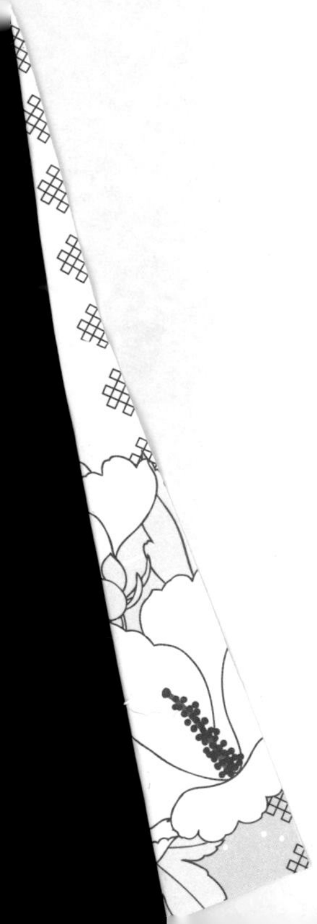

Whispers Through the Willows

第
00
章

「所以你要我怎麼做？」

「不，我並不是指您該怎麼做……只是覺得既然事情都變成這樣了，那就以更親民的方式告訴國民們，不是很好嗎？」

「更親民的方式？」

「嗯……像是在皇室的入口網站上傳手寫信，又或是在您平常就很喜歡的ＳＮＳ上傳照片……」

鄭尙醞滿臉擔憂地提出了各種意見，但是……

「為什麼要做那些記者會喜歡的事？他們可是一群越是善待他們，他們就會越把人當作傻子的傢伙。」

因非自願的婚約而生著氣的李皇子李鹿嗤之以鼻地闊步離去。

「可、可是……」

「鄭尙醞，冷靜點，這也只不過是訂婚。」

「呃？只不過？」

「是啊，只不過是訂婚。」

「天啊，殿下，您現在是說『只不過』嗎？」

怎麼會有人用『只不過』來形容皇室的喜事？尙醞鄭誠泰心中帶著怒火，微微地張開了嘴巴……但是他也很清楚，就算在這種情況下開口也只是得不償失，便默默打消了念頭。

而就像李鹿本人所言，他的訂婚儀式在對外發表的同時，也正悄悄地結束。他的婚事不僅是難得的國家喜事，也是能提供記者啃食好幾天的新聞題材，但因一切過程過於簡陋，所以記者們挾帶抱怨的報導開始不斷湧現。

雖然李鹿平時與記者們的關係也不算好，但至少今天他無法將記者們的埋怨視作不明事理之人的胡鬧。

李皇子李鹿（二十歲）和韓常瑮（趙東製藥代表理事韓為動的小兒子，十八歲）滿懷著喜悅向眾人宣告五月一日的成婚之約。

就這麼一句輕描淡寫的文字，所有官方行程宣告結束，甚至連這句話都是在發布之前傳真過去的，紙張上下的龍鳳圖紋以及大大的玉鳥章裝飾，他那自認像樣的官方公文惹得記者們滿腹不悅。

不久前，鄭尙醞工作用的手機也收到了某個滿腹怒火的報社記者所傳的訊息。照片中，印刷物上的嚴肅龍紋變成了吐舌頭的蚯蚓……該名記者氣得直跳腳地表示這份聲明可不能亂開玩笑，但老實說這根本就是對方故意找碴，明明就是自己辦公室的傳真機太爛了，為什麼要怪皇室和詩經院？

總之，因為那突如其來的宣告，讓連花宮一整天都像是蜂窩一樣鬧哄哄的。

而李皇子殿下究竟是已經舉辦過訂婚宴了，還是預計之後舉辦訂婚宴，又或是目前只跟對方家裡談好而已……也多虧那些搞不清楚狀況到底為何的記者們，錯誤的報導也是滿天飛。

後天就是李鹿入伍的日子，未來一年多服役的日子裡，他會履行義務，在以服務性質為主的海外巡防工作。

不過這其實也並非是多麼了不起的事，因為這只不過是身為皇族所該履行的法制化公務罷了。雖然李鹿在軍中應該會過得相當清閒，但記者們就算想訪問皇子殿下也無法穿過軍中鐵網，這也同時代表記者們的未來也會相當辛苦。

突如其來的訂婚消息讓國民們震驚，記者們不停地逼問承政院及詩經院到底發生了什麼事，皇室所屬的公務員也全都被各界傳來的疑問淹沒。

國立中央博物館的員工們則是為了因訂婚消息而暴跌的李皇子殿下的ＭＤ銷量而搖頭嘆息。拿著煤氣罐的老人們則表示，與其看到這個國家的的皇子娶男人為妻，還不如在此將自己的頭髮剪去，憤怒地在光化門前高聲吶喊……

面。

這些現象也導致現在形成了面對國婚消息，卻沒有任何一個人感到幸福快樂的瘋狂局

跟在李鹿身後的鄭尙醞表情也是一片慘澹，在李鹿結束海外巡防，並回來正式召開記者會之前，所有負責李皇子一切事物的人，都得過著水深火熱的生活。

「我說……鄭尙醞。」

「是。」

「你可以別再皺著眉頭了嗎？現在心情最差的不是別人，而是我耶。」

「是、是，那當然，這點我很清楚。」

是啊，就是因為太清楚了，儘管心中有怒火，對事情內幕略知一二的鄭尙醞也不會與宮裡的人們和公務員們一樣，在背後說三道四，而是拚命地忍著一切。雖然他現在的確是擺著一副臭臉跟在李鹿身後。

「勤禮院呢？」

「他們預計在您入伍後開始動作。唉，反正就算什麼也不做，外面那些示威的老人們也會自動製造輿論。」

若有所思的李鹿轉了轉自己疲倦的肩頸。

「我和韓代表約好的是……三年嗎？」

「是的。」

「……真是個令人不悅的傢伙。」

想起與韓代表初次見面時的情況，李鹿輕輕地皺起了眉頭。

鄭尚醞就像是想起了同樣的場面，清瘦的臉上露出了更加深邃的愁容。

「殿下，老實說，我……我到現在還是不確定，跟那傢伙聯手究竟是對是錯……這些日子以來，光是趙東製藥的退款問題就發生好幾次了。」

「我知道，他們最終也是因為那個身為Omega的小兒子，才好不容易維持住了形象。」

不論性別為何都能孕育孩子的特殊體質在亞洲可說是非常少見。尤其是韓國，簡直無法以少見來形容。

外國會將這樣少數的人稱為Alpha和Omega，並積極地對其進行研究。但如果在韓國的入口網站搜尋該關鍵字，也只會查到保健食品相關資訊，可見眾人對此抱持著極低的關注。

而趁機在市場先得頭籌的就是趙東製藥。

趙東製藥原本是一個形象極差的公司。不僅因過度的臨床實驗，而多次被外國各地製作告發紀錄片，甚至從竊取其他製藥公司的機密，到遊說、行賄收賄、不法接待等等，背負了各種犯罪嫌疑。

而那大部分也是事實，要不然事情怎麼會被媒體曝光？他們又怎麼會被稱為尚未公開的犯罪與非法勾當的溫床呢？

但是大家在得知趙東製藥代表的小兒子是Omega後，很多事情都開始發生變化。雖然趙東製藥過去所犯下的罪行並不輕，但以韓為動代表兒子的事為契機，他們也做了許多反省，也在特殊體質認知的進步和拯救人權方面不斷發聲，因此媒體也開始認為是否得對他們重新進行評價。

另一方面，因為每當李鹿快忘記時，又會出現那些表示韓常璟可以和最有名的Alpha李皇子發展一段好姻緣的三流新聞，搞得李鹿從小只要一想到趙東製藥就會氣得咬牙切齒。

本來就已經因為身為Alpha的關係，得按時服用的那些藥物而感到煩躁和可悲了。又加上不論到哪裡，總會聽到別人提起「趙東製藥的小兒子韓常璟」。所以李鹿從小都會咬牙切齒地表示，他與這個世界上的哪個人結婚都無所謂，但就是絕對不要和韓常璟結婚。

若說在改善人們對Omega的印象上，盡了極大努力的是趙東製藥的韓常璟，那讓國內開始對特殊體質及Alpha的概念有印象的就是李鹿了。

李鹿是皇室歷史上，第一位擁有特殊體質的人。他在剛出生時所進行的制式檢查中，被判定為能夠讓同為男人的人懷孕的Alpha，而引起了全國一陣喧嘩。

那是因為在這之前，醫療保險裡並不包含特殊體質者的抑制劑費用，也說明了國民對其具有相當低程度的認知。

在該領域聞名的各國醫生及研究員被急忙招聘至國內，廣惠院及春秋館更是絞盡腦汁地思考，該怎麼向對特殊體質感到陌生的國民們傳達這項事實。

但反正不論是 Alpha 還是 Omega，只要吃下抑制劑的話，就會變得跟普通人沒有兩樣，所以喧鬧的氣氛很快就平息了。而且沒有特殊體質的普通人就算和 Alpha 或 Omega 待在一起，也不會受到任何影響。

不過李鹿正如其名，不僅有著清秀的外貌，甚至還是個各方面皆優秀的人才，因此人們的說法也開始產生了扭曲。

「聽說李皇子殿下也能讓男人懷孕？」「長得這麼帥，任誰都會被吸引吧？」「儘管同樣身為男人也會愛上他呢。」如此開始的竊竊私語，最後轉變為「既然他能讓同樣身為男人的人懷孕，那只要他想，就能以性支配任何人了。」這種荒謬的言論。

這一開始分明只是一個玩笑，就像是人們在網路上討論的迷因一樣。

不過還是有對這個沒什麼大不了的鬼話虎視眈眈的人，像是深受國民喜愛的皇室所討厭的政客、想去除那些會成為事業絆腳石的古板企業家們，還有痛恨看起來像是擁有一切的李鹿的人們。

雖然一個個分開看時，這些也只不過是一群自卑的蠢蛋，但是全部加在一起時，卻能形成非常龐大的族群。

而他們選擇的方法也沒什麼大不了的，那就是到處散播謠言，表示因為突變的李鹿，導致太子喪失了威嚴。

多虧他們積極參與獨立運動，與其他君主立憲制國家相比，皇室在國內的影響力及存在感與眾不同，君主專制時代早已結束，更何況就算是在過去，更換繼承人也不是件輕易的事。

除非是有重大劇變，否則皇位還是會留給長子，而君主立憲制的國家也都是選擇這樣的方式。

不過光以李鹿是Alpha的這個理由，是無法將現在的太子拉下臺的。

儘管如此，那些不知源頭為何的不敬之語老是出現，若帥氣的李皇子是太子，是不是更能確立國家的威信呢？雖然不太清楚什麼是Alpha，但是因為李皇子是Alpha，所以引起了其他國家的羨慕與好奇……

這些無心的話語就像苔蘚一樣，開始一點一滴地深植於皇室成員的心中，不知不覺，那些深植人心的謠言，開始自深淵深處，漸漸影響人心，看似薄霧的謠言散發著令人不願以手觸碰的惡臭，一天天擴散，最終成了一團漆黑黏膩的東西。

並不是所有人都懷有惡意地肆意傳播那樣的言語，但是他們確實沒有在為聽者著想，最終皇室的人也開始認為那種謠言是真的。

皇帝摸不著頭緒，只好狠心推開次子李鹿，為了所有人、為了傷心的長子，而對次子表現出的差別對待也隨著時間的流逝，逐漸成為真心。

國母則因那些無止無盡、懷疑平凡的皇帝怎會誕下Alpha皇子，又或是懷疑李皇子是否真為皇室血脈的骯髒醜聞而困擾，太子也因備受矚目的人老是弟弟，而漸漸被自卑感逼瘋。

但在國內被指定為一號國寶，同時也是一號無形文化資產的皇室成員們，面對這個可怕的憂鬱，卻得裝成若無其事。畢竟就是因為出生為皇室成員，現在才能坐上如此光榮的位子，就連控制憂鬱症的藥物都得瞞著旗下的公務員偷偷服用，想必皇室成員們的狀態也只能一天天惡化。

就這樣，驚險地度過這段就算隨時發生什麼意外都不足為奇的時間後，李皇子李鹿終於二十歲了。成年後的親王冊封禮、當兵和海外巡防……得履行的義務多得像山一樣高，而站在太子那邊的人，則是心急如焚地想以更上一層樓的負面傳聞去毀掉李鹿。

眼看入伍的日子近在眼前，開始有了真實感的李鹿順從地接受了皇帝與太子的提議，依他們所勸，與身為Omega的趙東製藥小兒子韓常環談婚事，但是……

「您不覺得很奇怪嗎？說到自己的小兒子，韓代表不是將他寵上天了嗎？而他想讓那個小兒子和殿下扯上關係，也是眾所皆知的事情，但他卻說沒必要舉行國婚。」

令人感到荒唐的是，與李鹿祕密約談的韓代表表示，讓人們看看該看的，乾淨俐落地結束這件事就好，並提議在世間這些不像話的傳聞散去之前，與韓常璟維持三年的訂婚狀態後再解除婚約。

韓代表所提出的條件對李鹿來說一點損害都沒有，要求的賠償金也算在常識範圍之內。更重要的是，韓代表表示在解除婚約後，會用盡任何方法去矯正人們對特殊體質的錯誤偏見。

雖然這種說法很拐彎抹角，但他的意思就是，若李鹿默許，那麼為了自己的小兒子，他會在輿論方面貢獻自己的財力。

其實李鹿並沒有選擇的餘地，他既不是太子，年齡也過於幼小，拿不出任何令人印象深刻的表現，因此處於沒有什麼人支持的狀態。

面對韓代表的提議，他當然會感到奇怪，但是面對這個為了深愛的兒子，說會藉此機會努力矯正人們對於特殊體質的認知的人面前，他也無法直接表示對方很奇怪，甚至拒絕對方。

「看了看他其他子女的婚事，韓代表似乎不是不允許子女自由戀愛後結婚。既然如此，那支持與皇子殿下之間的國婚，不是比較好嗎？而且，就算是普通人，若是和皇室嫡系後孫解除婚約，那以後會很難結婚耶……這樣韓常璟以後不就很難再與他人交往嗎？但是話說他到底為何會開出三年的條件……」

「啊，看來他也很討厭我吧？」

「誰？難道您是指韓常琛？」

「除此之外，也沒有其他可能性了吧！」

總之，韓代表表示在約定的期間，他想透過製造特殊體質的相關正面輿論，打造一個未來能讓自己的小兒子與伴侶過上幸福生活的環境，若在這裡無故找碴，很明顯地只會讓李鹿的品性受到質疑。

「韓常琛三年後差不多是二十歲？還是二十一歲？」

這是正好是上大學的時候。李鹿朝著看起來相當繁忙的柳永殿投以冷漠的眼光。

「聽說他到目前為止都是在家自學，但韓代表想讓他去上大學，而且可說是精誠所至呢！說不想之後去學校時，聽到別人說自己兒子的閒話，所以現在開始就在鋪路。」

不管怎麼說，娶男人為妻還是有點……

雖然想盡辦法說服猶豫的父皇的人也是韓代表。只是現在的群眾聽到一個男人要與另一名男人訂婚都會嚇到，但以後可能會成為一個抵制特殊體質的負面言語的轉捩點。

而Alpha的體質果然對Omega非常具有吸引力，儘管是男人，只要是Omega就會被吸引。

首先，讓那樣的形象深植人心是很重要的，而一切的重擔都將由身為Omega韓常琛父親的韓代表來承擔。

朝著鄭尙醞憤怒頂嘴的李鹿頭也痛得像是要爆炸了。就如其所言，一切都太過順利，只要一想起任何一個奇怪的部分，韓代表就會像是早已準備好似的做出答覆，那種散發滿滿違和感的完美答覆，雖然無法用言語說明，但難免認為韓代表似乎隱瞞了什麼。

「但是……也沒有其他方法了啊。」

隨之而來的是對自己明明知道，卻什麼也做不了的無力所感到的憤怒。

「至少在與韓常琛攪和的期間，媒體界應該也會平靜一陣子吧？。」

「是啊……既然事已至此，那乾脆一點，盡量利用趙東製藥吧。」

「嗯，就是為了這樣，你現在才會如此辛苦啊！」

一開始的傳聞因為令人感到噁心又幼稚，所以根本沒人在意。

傳聞大多是，因為身為Alpha，李皇子也能讓男人懷孕，所以他若要讓女人懷孕就更簡單了、他已經有很多私生子了、其中還有混血兒、會為了私生子們爭奪遺產而投入大筆預算、皇室的紀律究竟是怎麼回事……之類的。

因為盡是一些難以置信的言論，所以皇室當初也無視了傳聞，更懷疑是否真的會有人完全相信那樣的傳聞。

但是令人無言的是，那些毫無根據的傳言隨著時間的流逝越滾越大，甚至眼見李皇子馬上就要入伍了，世間卻出現若是李皇子把一般士兵作為對象而闖禍的話該怎麼辦的荒謬言論。

這很明顯地是抱持著眾多謠言裡至少會中一個的心態，而肆意捏造出的鬼話。因為這種惡意中傷也不是一兩次了，包含李鹿在內的部下們並沒有做出任何對應。但令人驚訝的是，人們開始對那些言論出現了反應。

儘管沒有發生那樣的事情，但現在這個時代卻能將這些荒謬事情弄得像是真的發生了一樣，謠言不脛而走的程度超出了想像。

錯過處理那些流言蜚語的第一時間，李鹿不知不覺成了傳聞中的那種……會時常發情，並不分男女到處與人做愛的精神病患。

雖然李鹿的脾氣不算差，但對於這種事也無法乖乖笑著帶過。從以前開始就會偶爾爆發一次，像是在直播中批評媒體，或是在ＳＮＳ發布大膽行為——雖然也只不過是上傳自己寬衣解帶的照片罷了。但總之，身為皇室的一員，長期以來開放的態度也讓這次的爭議越鬧越烈。

雖然只要一想到那些擅自亂寫一些不像樣報導的記者們，就會讓李鹿氣得咬牙，但將事情的火苗轉向訂婚……盡量朝對自己有利的方向結束這場奇怪的紛爭，的確是最好的方法。

「對了，內廳那邊怎麼說？」

「看來他們完全沒想過這種問題呢，各部門間都已經開始為了推卸業務而互使眼色。」

「也是。」

「唉，不過您也不可以為了這種事而責罵那些公務員。說真的，這件事就連殿下也很頭痛，不是嗎？居然連稱呼和服飾都得大作修改，這種事在以前都沒有先例呢。」

鄭尙醞一邊嘆氣，一邊表示若負責人是自己，那他早就已經遞上辭呈了。

其實李鹿所擬定的計畫……根本不算什麼。三年後的他，手上應該也不會握有多強大的力量。

他並不是出國留學，在與軍隊一起進行服務活動時，又該怎麼建立自己的勢力呢？就算請各界幫忙，一切最終還是會變成自己得償還的債，所以他才不想讓自己欠他人人情。

儘管如此，總不能將好事只留給韓代表的小兒子做。因此，李鹿便下定決心要盡量利用韓常瑮，並加以利用不論是皇室還是媒體，都對皇子的男性伴侶都還沒做好準備的事實。

什麼樣的服裝適合男性王妃？不對……可以用王妃來稱呼他嗎？因為皇室成員之中，過去不曾出現過 Alpha 或 Omega，所以這件事在這既悠久又燦爛的歷史上，算是無跡可尋的先例。

因此，那些可憐的公務員們表示，對於這類的例外，必須重新制定一套相關法律，雖然嘴上說要修改的只是稱呼和服裝而已，但是要制定出具體的規範，老實說就算花上三年的時間也不夠。

而且各種協會也開始出現反對這件婚事的聲浪。從昨天開始，光化門前沒有一刻是空的，幾名高聲呼喊怎能讓帶有男性生殖器官的大男人當皇室的王妃，並搖晃著生殖器模型的老人們，最終被以公然淫亂罪逮捕。

在被謠言所折磨的期間，甚至沒有任何人出手幫助李鹿，所以李鹿打算以相同的方式，讓這場訂婚隨著時間順其自然地發展下去。

至於制定過去不曾有過的新規範、解釋資料、處理協會與老人們的次次挑釁……不論是皇室還是趙東製藥，這些都讓他們自己想辦法處理。

而這段期間，李鹿對特殊體質的印象也逐漸改變，甚至打算聚集志同道合的人，開始慢慢建立勢力。如今那些因為李鹿是Alpha而將他視作突變種，又或是仗著李鹿年紀小而不將他看在眼裡的那一切行為，都令李鹿感到厭煩了。

「殿下，這雖然是我臨時想到的，但我建議，我們乾脆也來成立一家媒體公司好了。」

「我手上一無所有，要是這樣盲目行事，應該會被反將一軍吧？到那時，我從沒做過的那一切，都會真的變成我得負起責任的事。」

「……抱歉，我也是因為覺得太煩悶了才……」

「不需要這麼抱歉，那既煩悶又不安的心情，我也是差不多的。」

「這場訂婚真的會有效嗎？」

鄭尚醞回頭瞥了一眼，擔心地嘀咕著。

「……必須要有效才行。」

從外頭的聲響變得嘈雜來看，記者們應該是進到了宮前。

「我們走吧，若是人聚集得更多，我們可能也會很難擺脫他們。」

「好，我馬上做準備。」

「對了，尚醞，去告訴詩經院，請他們多留心那個人，時間若長，可是會花上三年……」

這是一句包含多種意義的話。

李鹿理性思考下的情況是這樣的。

在他服役的期間，那些包圍著他的荒謬言論應該也會稍微得以平息，內廳也會商討該怎麼處理這個例外事項，而在他們盡全力拖延國婚的同時，韓代表那受到壓力的寶貴小兒子定會主動放棄，表示無法結這場婚。

萬一，在李鹿回國後仍看不到那樣的跡象，那就想盡辦法讓他自行離宮，至於取消婚約的理由，只要宣稱是媒體帶來的壓力太過痛苦，而取消婚約就行了。

這種程度的悲劇，人們也很難找碴，不論內幕為何，對趙東製藥來說也不會造成損害，算是個還不錯的故事設定。

「當然，一直跟我攪和在一起，想必他應該也會覺得很厭煩，但那也不是韓常瓎本人的錯，而且他也不是出於自願才走到今天這個地步的。」

「嗯……話是這麼說沒錯啦，聽說他身體不好，從沒出過自己家門。」

「所以啊，若他有任何想做的、想買的，就隨他去吧。不用向我報告，若是用我的個人資產，而不是未來預算的話，就不會被監司抓到。」

「我知道了。」

鄭尚醞帶著擔心的神情點了點頭。

而趙東製藥的小兒子韓常瓎最終也只是一枚棋子罷了，就如李鹿長久以來遭受的痛苦一樣，想必他也承受著相似的痛苦吧？

從小就不停地承受壓力，表示要他與身為Alpha的李鹿結婚，以成為公司與皇室間的橋梁。稍微長大一點後，卻又被人與人之間的利害關係所左右，並在三年後被逐出皇宮。當然，雖然事情會被包裝得理所當然，但對當事人來說就跟被趕出去沒有兩樣。

「不過真要說的話……韓常瑮也算是可憐的一方。」

所以其他人就算了，但是李鹿的確對韓常瑮本人感到有些抱歉。雖然下達了指示，要相關人員為他做這做那，但其實若是真心對於身為Omega的韓常瑮感到愧疚的話，那打從一開始就不該計劃這一切。

李鹿唯一希望的，是要成為一棵能不因任何事而感到動搖、根深蒂固的樹。三年後不論自己的未婚妻……嗯，訂婚對象因為與自己身處異地，而發生的任何事情，李鹿都打算保持沉默。

現在所感受到的那一絲同情，在名為李皇子的頭銜面前也只是一種無謂的情感。而現在內心生出的膚淺情感，算是李鹿對目前仍不知對方長相的訂婚對象韓常瑮，所抱持的真心歉意。

Whispers Through the Willows

第01章

〔獨家〕「李皇子殿下，即將結束海外服務活動並歸國」

李皇子李鹿即將結束海外巡防並歸國。

雖然春秋館總是對外說明此為巡防日程，但以皇族嫡系後代來說，服役後以發展中國家為主要對象進行服務性質的活動後歸國，屬於慣例行事，所以一般來說都會以「服務」一詞來表現。這次的服務活動仍然以對特殊體質理解度低的國家為中心，主要朝著製作能幫助他們對特殊體質有正確理解的教育計畫，及教育他們正確服用荷爾蒙週期藥的方式進行。

輔佐李皇子殿下的詩經院基於安全問題，預計不會將奇歸國日程對外公開，並表示他將直接前往訂婚對象所在的平壤連花宮。金○○記者kimkija@news.co.kr

全部留言數（一三七）

媽的，滿懷期待地點開了報導，結果連一張照片都沒有，做李皇子獨家報導時，一定要附上照片啊！混帳東西！

好想念皇子殿下喔！皇子殿下我愛你！

「你連皇室存在著多少問題都不知道，根本只是個死迷妹。

「哇，醜八怪的留言也特別噁心耶～

「你說我只是什麼？只是什麼？只是什麼？只是什麼？

「哇……你是連臉都破洞了嗎？連話都沒辦法好好講完？

所以他真的要跟男人結婚？

「與其說是男人……不是說他也是Omega嗎？

「如果男人也行的話，那我也要排隊。

「啊，訂婚對象不是男人，是Omega啦！你們這群蠢貨。

「啊，所以只要是Omega，就不算男人了嘛？還是男人沒錯啊！

「嗎？嗎？嗎？嗎？嗎？嗎？嗎？唉～媽的，連字都會寫錯的傢伙滾邊去吧！

樹立國家威嚴的臉蛋！讚頌男神♡李鹿♡男神！

奇怪，既然出國了就一定會回來啊？？？幹麼一副像是超了不起的天大祕密似的，出了一篇帶有錯字的獨家報導？垃圾記者們，稍微檢查一下錯字吧！嘖！

「對啊，而且還說什麼基於安全問題不公開，但卻寫出了他即將前往的去處，哈哈哈～這些垃圾記者到底是想怎樣啊？

這個國家……眞的是瘋了耶~~！一個老大不小的傢伙，娶同樣有著老二的男人爲妻？這到底是尸麼情況~！！！檀君建國後，我還是第一次見到如此恐怖的事情，所以自訂婚的消息發表後，我每天都因憂國而睡不出覺。

「就是說啊~！現在都什麼時代了，古老的皇室還是直接關門算了。

「你這個惡劣的傢伙！！！我的忠心與衷情都被你利用在，你的一己私欲了，皇室是！永恆的，不論是世上哪個國家，絕對找不到如此有威嚴的「皇室」~！！

「若眞有爲國做事的人在看，就算是爲了教訓這些敗類，也布能讓男人爲皇室的王妃！！！！拜託……請考慮一下這個國家的宗廟社稷啊！！！！

哇，這裡的流言眞是亂七八糟……

「不是流言，是留言。

「哎呀呀~是是是~網友大大，小人沒注意到您那偉大的拼寫媽的

▽查看所有留言△

韓常瑮緊閉著眼睛，努力想辦法忍耐著肚子的不適，隨著張開的大腿不停地顫抖著，他的腰部也不由自主地動了起來。

「唔呃……」

從全身出現的反應來看，那像是要將身體一絲絲地撕碎的興奮感即將來到高峰，就像平常一樣，之後只要將因各種體液而弄髒的地板擦乾淨，並偷偷處理掉試劑瓶，那今天的工作就算是結束了。

「哈……哈……」

不過奇怪的是，今天似乎比平常還要難以控制自己的身體，腫脹得圓圓的乳頭似乎變得更癢，仔細上過藥的小洞深處不停地反覆大力收縮，就像是掐住了某種東西似的。

韓常瑮從小就被韓代表強行服用各種藥物，那些藥物大部分都是跟特殊體質有關的新藥，而他也參與了Omega相關的各種臨床實驗。

但是最近……正確來說是今年開始，他從家裡拿到的藥物越來越奇怪，甚至讓韓常瑮感到不適。若要再說得更精準一點，就是那些藥變成了與性方面有關的藥物。

「……啊啊！」

在翻身過程中，當那硬挺的乳頭被衣服輕拂過時，韓常瑮不自覺地發出了叫聲。

嚇了一跳的他急忙地摀住嘴巴，大大的眼睛也不停轉動著。雖然現在自己待在一個連名字都沒有的房間，但若是以現在的時間來說，外面應該也有不少人在走動。結果自己卻像個傻瓜一樣，在稍微心安之後不小心發出了聲音。

不過他如此在意外頭動靜也只是一時的，因為他那輕易就會感到興奮的身體，前後都不自覺地開始傾洩出黏黏的液體，身體連在這種瞬間也能快速有反應……這該用慶幸來形容嗎？總之，這就代表藥的確有效。

剛開始還因為興奮速度和射精速度過快，想說身體是否在經過屢次實驗之後終於產生了問題，但是在害怕地發著抖向韓代表報告結果後，令人感到驚訝的是，韓代表竟笑著說那是正常的反應，他就是期待韓常環在吃下藥後會有這種反應……

彷彿像是愛液傾洩而出，後方自然溼透，光是一點小小的刺激，也能讓精液一瀉千里，就算馬上將生殖器插入後方小洞，小洞似乎也能溫柔地包覆一切。

「呃呃……」

這是在普通人的身體植入一部分 Omega 特質的過程，所以現在的反應是非常正常的。

韓常環用鋪在地板上的大毛巾擦拭溼掉的地板，也將被體液滿滿包覆的下體擦拭乾淨，並在用手四處摸索後，收起一個比小拇指還要小一點的試劑瓶。比起清洗自己，處理這個試劑瓶才是最優先做的事，因為若是再繼續磨蹭下去，結果被宮裡的人突襲檢查抓到，到時困擾的會是自己。

「呃……忘記這個了。」

韓常環好不容易撐起自己軟弱無力的身體並緩緩起身後，發現藏在墊褥後的大棍子，不禁嘆了一口氣。

「該怎麼辦呢……」

他們命令他從今天開始，要用那個大棍子將自己的後面撐大，但他忘記了。

外界所知的「韓常環」是趙東製藥韓代表的小兒子，是一名因身體虛弱而足不出戶的Omega，但事實上他卻是與特殊體質毫無關聯的普通人。更重要的是，他也不是韓代表的親生兒子。

聽說生下韓常環的是一名不知性別為何的Omega，是韓代表從一個家境困難，卻因突然有了孩子而感到頭痛的Omega那裡買來的。

若要追溯最早的記憶……韓常環想起小時候和幾名差不多年紀的孩子一起躺在一個小房間的畫面。

雖然這是之後才知道的，但那是趙東製藥的研究員們在韓代表的指示之下，對特殊體質進行的各種新藥實驗，被實驗者都是被發現為Omega或Omega所生下的小孩，也有被父母拋棄或低價出售的小孩。

只要有人來叫你，你就得起床好好吃飯，然後被叫到一個因為燈光過於刺眼，而無法好好睜開眼的小房間那裡呆呆地站著。若是給你藥，你就得乖乖喝下，然後再回去睡覺。

在這樣的日常無限反覆的某一天，韓常環發現所有人之中只剩下自己還活著。

他稍微長大後，在經過耳濡目染之下，得知特殊體質能夠拿來賺錢。

自李皇子出生為Alpha之後，儘管是平凡的普通人，從小也得義務性地接受特殊體質的檢測，而不僅是檢測工具，就連結果的判讀都是由趙東製藥負責。

再加上不論是對Alpha還是Omega，東亞國家對於特殊體質的認知普遍偏低，所以不論公司對於抑制劑的價格如何制定，勉為其難買下的客群依舊龐大。

同時，因人們的錯誤認知而出現的那些對於特殊體質的相關謠言，也已經到了一發不可收拾的地步了，所以透過不法管道所販售的藥物相當多元。例如能打造與Alpha相同效果的精力藥，或是能讓服用者像Omega一樣興奮的迷藥之類的。

當然，趙東製藥是不會賭上自己的名字去進行那種地下交易。但當大眾議論服用方式時，在背後偷放風聲，表示怎麼做能製造出超乎想像的效果，並在一開始就以那種目的研發藥物，一切都是出自於韓代表的意思。

而最終在韓代表的指示下，跟特殊體質有關的一切都變得亂七八糟。

從上到下壟斷了整個特殊體質界的韓代表野心不斷，而標榜能將服用者打造為Alpha的不法藥物需求不大，因為市面上已經有各種精力藥了。

但是Omega的市場不一樣……性愛成癮者對其抱持著極大的興趣，不過藥的生產卻不簡單，這世上還沒有那種只要一啟動開關，就能馬上沉浸於性愛，像是發情期一樣能接受任何人的藥。

所以韓代表才會像是蒐集玩具似的買了許多年幼的孩子，實際上除了開發Alpha服用的抑制劑之外，他也想在背後狠狠地大賺一筆。

韓常環會在眾多實驗對象中被韓代表注意到，其實並沒有什麼了不起的原因，就只是因為他撐過了多種實驗，而長相也還算是不錯罷了。

當時因陷入退款風波的關係，使得公司稍微面臨了困境，那正是需要改善公司形象的時候，感到煩惱的韓代表在那些與自己維持良好關係，換句話說，就是從那些將趙東製藥視為「唯一研究特殊體質的公司」，並從公司獲取錢財的記者們身上取得了靈感。

於是他就欺騙大眾，說那個長得漂亮的Omega小孩是自己的小兒子了吧！

韓代表哭著演一場戲，表示自己對於那些被人們抱持偏見的特殊體質的人感到真心同情，並會為了改變社會對其認知而奉獻自我。

而之後的事情就極為順暢地獲得解決。畢竟他從幾年前開始就在政經界鋪路，只為了讓自己從以前就十分愛護的私生子正式入門。

雖然當時韓常環年齡尚小，還沒顯現為Omega，但韓代表認為這只是時間問題。畢竟他是從Omega的子宮裡孕育出來的，經歷毒藥測試也能順利地活了下來，絕對擁有著特殊體質。

等到韓常環被判定為Omega後，就要讓他四處公開露面，參與各種活動，也要想辦法將他與皇室史上第一位Alpha李皇子扯上關係。

就這樣，對外成為韓代表小兒子的受實驗者韓常環在學會了認字之後，還要背一堆連自己都不知道是什麼意思的句子——那些是趙東製藥所打造的一種人物設定手冊。

托慈祥的父親韓代表，與為人類貢獻心力的趙東製藥研究員們的福，體弱多病的Omega逐漸懷抱希望。

他不是被撿來的被實驗者，而是在家人們的愛裡成長茁壯的小兒子。

在那些捏造出來的故事裡，韓常環不是被貼上編有長長的英文及數字編號的實驗體，而是韓家老來得子，有著一個漂亮名字的小兒子。

但是令人緊張的是，不論再怎麼等，都絲毫不見韓常環身上顯現任何有關Omega的特性。儘管在他身上使用大量的荷爾蒙誘導劑直到他昏倒才停止，就算在他身上試過各種藥物，韓常環身上依然沒有出現任何一絲與Omega相似的反應。

這樣的結果令韓代表感到失望。

就算韓常環也是趙東製藥私下偷偷販售的春藥與毒品的開發受試者，但這時也已經到處對外宣稱他就是Omega，隨之延伸出來的事件也不少。

而紛爭的最後，就是讓韓常環成為進行各種臨床實驗的重要對象，再加上為了促成與李皇子的國婚而四處散播相關謠言或訊息。

現在已經不論是否為韓代表的意思，那些想討好趙東製藥的人，都會主動向皇室施加壓力。

慌張的研究員們又投入一年左右的時間，想盡辦法要讓Omega的特質顯現在韓常環身上。但是最終結果卻令人灰心，韓常環還是被判定為普通人。

這也導致了現在的韓代表也落入了窘境，無法對外表示這名被他到處利用的小兒子並非是Omega。

只因為一切事情正在順利地發展，結果卻只有韓常環一個人出了問題。長久以來被大夥一致認為是Omega的傢伙，居然不是特殊體質。

在苦惱的最後……韓代表決定繼續欺騙大眾，反正普通人又不太了解特殊體質，普通的Alpha或Omega和趙東製藥的韓家也沒有接觸的可能性。

此外，韓代表一直以來都以健康狀態不佳為由，至今未曾讓韓常環對外公開露臉，就算要對大眾繼續欺騙下去，應該也不會被人發現。

韓代表甚至想著，反正他的直屬研究所最近正吵著表示新的研究計畫需要實驗對象，韓常環又是一名從嚶嚶哭泣的小小孩開始，就經歷過各種毒藥試驗，最後依舊存活的孩子——那就稍微修改一下最初的計畫，趁這個機會來研究看看，普通人是否也能變成擁有與Omega相似特質的人吧。

也因為這個原因，韓常環至今為止都被關在韓代表位於京畿道的某個別墅中，過著僅服用研究員們給予的藥物而生活。

當然，他也稍微接受過一些教育，至少還懂得一些基本常識，在他入宮之前也明白什麼是羞恥心。這一切也得多虧韓代表告訴他——等到他再也沒有用處的時候就會賣了他，但如果他愚蠢到什麼都不懂，就不會有想要買他的買主。

因此，韓常環清楚地知道，自己的處境與身處地獄沒有兩樣，但他仍然在感受不到太大痛苦的狀態下長大。

就算隱約知道自己正受到比實驗室的白老鼠還不如的惡劣待遇，但是在他那個小小的世界裡，那並非是很糟糕的事情。畢竟那是上天給予自己的宿命，也是自己存在的理由。

只因為直到現在，那些遇到他的人都會告訴他，如果他不當實驗對象，那他就沒有活著的理由。

只是……當他聽到自己的名字成為Omega的人權代名詞時，韓常環還是會覺得神奇，同時也很好奇外界存在著什麼有關於自己的話題，還有……

「孩子，你要去哪裡？」

「呃啊！」

韓常環偷偷將試劑藏在睡衣口袋裡，正要躡手躡腳地移動時，被突然出現的人影嚇得發出丟臉的叫聲。

「哎呀！幹麼這麼驚訝？搞得我有點尷尬。」

「啊，原來是申尚宮大人啊……抱歉。」

「唉，你這麼膽小，這要怎麼辦呢？」

眼前這名尷尬到拍了拍衣袖，並瞪著韓常環的人是掌管柳永殿一切事務的申尚宮。

要說申尚宮的年紀足夠當他的母親，也有點年輕，但若是稱呼為姊姊，感覺又太老。

她與政聽殿的朴尚宮自李皇子李鹿青少年時期，就在其身邊伴他長大。

雖然這有些理所當然，但在李皇子馬上就要歸來，且為未來所居住的連花宮裡，她也算是具有龐大影響力的其中一人。

「你穿著睡衣在這個時間外出，是要做什麼？」

「呃……就……到處看看……」

盯著那不善於撒謊的韓常環，申尚宮的表情馬上沉了下來。

「難道……那個流氓般的傢伙又叫你過去了？」

「呃……嗯……」

「唉，真是受不了。皇子巡防也差不多結束了，皇子何時歸來？」

申尚宮回頭盯著嘈雜的內院。

「等我們皇子回來就知道了。對了，我聽說你上次又哭著出來了？」

「啊……當時是……」

「等等，難道你被他打了嗎？」

「咦？呃，這……」

「天啊，你這裡又瘀青了。唉，本想派人去調查那位揍你的人，但結果他也只是成天在做愛而已，感覺派了也沒有什麼意義……Omega本來就都這樣嗎？一天不做愛會活不下去，就會死嗎？」

「尚、尚宮大人！」

「啊，我不管啦！你要聽就聽，不聽就算了。」

「請、請您別說這種話。」

「你現在也不是未成年的孩子了，講這種話又怎麼樣！還有，比起做愛這個詞還要有害世人的傢伙，還在堂堂正正地在那裡吃好喝好呼呼大睡耶！」

火冒三丈的申尚宮用那氣得發紅的臉大聲喝斥著。

「您這麼為我著想，我很開心……但還是請您別這樣，若是因為此事傳出不利於您的流言蜚語，那該怎麼辦？」

「哼，情況再糟，最多也只能威脅我，說要炒了我唄！儘管叫我辭職啊！看我會不會乖乖聽話！」

申尚宮的腋下夾著好幾本日誌，殺氣騰騰地舉起另一隻手，不停地揮舞著拳頭。雖然不知道那樣的動作意義為何，但看起來非常庸俗。

韓常璟入宮之後稍微學會了察言觀色。他想著，申尚宮也許平常就會這樣辱罵他人，接著就默默地笑了。

「這是我看著各式各樣的人事物所感受到的經驗談。不論是皇室還是大企業，只要是涉及到利益的地方，很少有正常人去應對。死在那些傢伙底下的人，幾乎也都是心有所苦的可憐人。」

「當然，那些派不上用場的人就算死了，也不會有人在乎。所以，孩子啊，你自己的性命要自己顧好，我之前一直叫你錄音，你應該沒忘記吧？」

「哈哈，是，我沒有忘記。」

「嗯。我想你會被束縛在那裡，也許有你的苦衷……不過你還是趁早脫離他們吧。趙東製藥的確是知名的大企業，但它也是一個惡名昭彰的地方啊。」

申尚宮不捨地摸了摸韓常璟的肩膀叮嚀囑咐。

韓常璟每次聽到申尚宮這麼說，都不知道該如何回話，只能笑著回應。

對於替他感到可憐的申尚宮，韓常環心底十分感激。同時也因為他無法吐露真相，而對申尚宮感到抱歉。

「那我先回去了，那傢伙又在做那種事，我得好好注意一下這附近有沒有記者在偷拍。」

「是，晚安。」

「嗯。」

柳永殿如那被裝飾得既漂亮又整潔的空間一般，是一個誦讀起來相當可愛的名字。

此地是親王的夫人，也就是王妃居住的宮殿。

平壤原本就以柳樹聞名，而柳永殿所種植的柳樹更是該物種的特級品。

韓常環吹著晚春的微風，那如細絲般飄揚的垂柳宛如一副絕景，這般景致他也看了兩年，這也正代表連花宮真正的主人——也就是李皇子就要回來了。

「時間過得這麼快啊……」

依照之前韓代表與李皇子的約定，他馬上就要離開這個地方。

雖然韓代表從以前開始就不斷地想讓李鹿與韓家聯姻，但因李鹿堅決反對，韓代表對此感到不悅。

韓代表不知從哪個瞬間開始，悄悄地與太子聯手，到處散播李皇子的相關醜聞。

雖然韓代表給予的理由是因為看不慣年輕人的所作所為才選擇放棄。但研究員們私下表示似乎是因為用假的Omega會很難騙過真正的Alpha，才選擇放棄。

與此同時，太子以及反皇派人士也開始積極推動李皇子的婚事，利用李皇子是Alpha的特點，先和身為Omega的韓代表小兒子訂婚，並在國婚的進行過程中想辦法找麻煩，最終將李鹿完全趕出宮中。

太子的目的是要將吸引大眾目光的李鹿完全剷除；反皇派則認為，李鹿被趕出皇宮後，再慢慢地讓皇室瓦解，雙方各自的籌畫正好不謀而合。

這樣的結果對韓代表來說，他只需要坐享其成就行了。

正當他在苦惱該如何做，才能得到最大利益時，便決定再次利用韓常璟。

韓代表跪在報平廳前面，為了自己珍愛的小兒子，哭著乞求能夠得到改變那些骯髒輿論的機會。而最終，他也得到了他所期望的成果。

不，其實他所獲得的利益，根本無法用獲得成果這句話來形容。他藉此向地位崇高的上位者展現自己對皇室的忠誠，並以自願與皇子解除婚約，未來無法與他人結為伴侶的可憐小兒子為藉口，讓皇室對自己欠下沉重的人情債務。

韓代表與李鹿約定的時間為三年，而那其中的兩年，李皇子正好在外服役。只要小兒子小心那最後的一年，韓代表就能得到一輩子都不會粉碎的最強武器。

心滿意足的韓代表又對此擬定了新的計畫——那就是為了讓小兒子入籍，就將自己的私生子改名為「韓常瑮」。

主因在於，幾乎沒有人知道真正的「韓常瑮」長什麼模樣。就連韓代表在交換八字時，不論皇室再怎麼提出要求，他也不曾提供任何一張照片給予皇室。

至於那位突然被改名換姓的私生子或許會因此感到混亂，但韓代表認為，他所得到的確實比失去的還要多。

這名私生子不僅能正大光明地表示自己是趙東製藥韓為勳代表的兒子，就連解除婚約後從皇室那邊取得的賠償金也全都歸屬於他。

至於韓常瑮這名被奪走名字的當事人，則是以與從小只待在家裡的可憐小兒子一同讀書成長的朋友身分，和小兒子一同入宮。

韓代表一開始並沒有要讓韓常瑮進宮的意思，但身為研究員的左右手極力勸說著他，要以防萬一，小心為上。

這話說得也沒錯，韓常瑮已經以李皇子訂婚對象的身分入了宮，太醫必定會定期對他進行身體檢查。

他的血也已經變成在抽血時，乍看之下會被誤認為Omega的狀態，倘若有意外發生，或許能將其當作擋箭牌使用。

趙東製藥不僅提供檢測工具，甚至還負責判定檢測結果，想要掩人耳目並不是一件難事。

研究人員們認為，韓常璟的成長過程裡，除了趙東製藥韓代表的家、研究所及別墅之外，其他地方從未去過，因此要控制韓常璟並不難。

更重要的是，他們想知道韓常璟與真正的 Alpha 共處一個空間時，他的身體會有什麼反應。

就這樣，韓常璟在自己的名字也被他人奪去的狀態下，在柳永殿的角落過著低調安靜的生活。

或許在那之後，他就會被關回別墅裡，度過這輩子的餘生。

雖然研究員們表示不會再對他進行任何奇怪的實驗，但是他還是要想辦法戰勝研究所所開發出的無數藥物。

不只這些，也許他還要在韓代表的命令下，向某人獻出自己的身體，就像是一個沒有抑制劑的幫助，無可奈何地融化於 Alpha 荷爾蒙的 Omega 一樣。

韓代表對此強調過很多次，等到時機成熟，不論對象為何，他必須欣然地依照指示張開雙腿，並盡全力滿足重要客人。

這是幫助趙東製藥昌盛的唯一方法。韓代表要他懂得知恩圖報，這也為此在他身上用了無數昂貴藥物，改造他的身體。

韓常瑮呆呆地望著頭上垂下的柳樹，其實當他初次他進入連花宮時，他心裡感受到的是恐懼。

人們會把柳樹比喻為綢緞，但他完全不明白其中的意義。

巨大樹木成排矗立，就像是把長髮放下的景致，在他眼裡盡是淒涼的感覺。他獨自在那間小小的房間睡覺時，樹枝被風吹過發出的嗚嗚聲響，更是讓他害怕得不停流淚。

但當他越來越熟悉連花宮的一切風景時，他開始關注起那棵過去在他眼裡，看似像鬼的可怕柳樹。

從他開始覺得被風吹響的樹葉沙沙聲聽起來就像音樂，或者是在睡不著的夜晚，看著高掛在內院水池上的可愛月亮，覺得自己像是喝醉了似的變得感性⋯⋯

韓常瑮第一次有了想要埋怨韓代表的心思。

為什麼要讓他經歷這樣的時光？要是一如既往地只讓他生活在實驗室裡，不要讓他知道，就算沒有名為實驗與觀察的目的，人們還是可以對他溫柔以待。不論之後要他吃下什麼藥物、要如何控制自己的身體，他都能視作理所當然的⋯⋯

但他體驗過這個太過香甜的短暫平凡生活後，未來再次回到實驗室，他也有可能會時常想起這個夢境般的生活而感到悲傷。

「喔?你什麼時候出來的?」

「啊……」

韓常環望著內院沉浸情感的時候,被眼前突然出現的男人嚇得倒退數步。

那令人不悅的臉和噁心陰險的視線不停地打量著韓常環瘦弱的身軀。

「真神奇,你怎麼會知道要來這裡?我正好要過去找你耶。」

「呃、那個……我出來不是要去找您……」

韓常環摸了摸手中的試劑瓶,不自覺地又往後退了幾步。

李韓碩從二年前開始,便以韓代表的私生子韓常環之名,生活於連花宮中。

連花宮中的人們,包含申尚宮在內,會氣得連韓常環的韓字都不願提起,主因在於這個以自己的名字過活的李韓碩做盡一切壞事的緣故。

「這樣也挺剛好,家裡送來要給你吃的藥,我正好收到。」

其實這是李韓碩的謊話,別的方面不說,韓代表不曾向他透漏過任何有關新藥的資訊。

疼愛身為私生子的他與信任是兩碼子的事,如果要傳話給韓常環,韓代表也會將暗號般的訊息,吩咐值得信任的宮內人傳遞。

但在韓常璟還來不及說些什麼的時候，突然被李韓碩抓住手腕。

「少、少爺……請別這樣！」

雖然韓常璟嘗試做出了反抗，但卻一點用也沒有。

儘管自小就服下了那些說是避免他在試藥實驗中死亡，而對身體有幫助的保健食品，也依照吩咐規律運動。

但奇怪的是，韓常璟的體格和力氣依然比同齡的男性瘦小柔弱，更別說力氣和握力弱得一塌糊塗。

好在他的身高長到平均之上，但大部分的人還是認為他實際上看起來比外表更加瘦小。

「都已經夠累了，還得照顧你這個蠢貨……唉……」

最終，韓常璟彷彿習慣似的，像死了心的斷線木偶，被李韓碩拖走。

李韓碩住的地方是附屬於柳永殿的一個小廂房，由於他們尚未正式舉行婚禮，無法使用整個柳永殿。而宮殿的主人和勤禮院也沒有指定住所給他，情急之下，只能先讓他住在這個地方。

是以美麗聞名的連花宮內，柳永殿最用心裝飾的所在，畢竟那裡是宮人們會值夜班的場所。

柳永殿到底有多漂亮呢？

它的屋瓦脊線及屋簷邊緣所形成的絕妙角度，以及在那之上輕輕滑過的眉月、雕刻精細的門把裝飾、掛在牆上的匠人雕像。

此外，廂房也算是完美無瑕的美麗空間。但這些漂亮的廂房地板，現在被各式各樣的膠油、酒、衣服，及一堆不知為何物的東西搞得亂七八糟。

雖然他是住在廂房裡，也儘管裡面的東西不是宮人們的東西，而是與皇子訂婚對象相配的極品，仍然沒有一樣是維持著完整樣貌，甚至連今天祈福用的衾枕也被撕碎到看不出原有形狀。

「哈！都叫他們快點過來清掉，這些傢伙是把人的話當成耳邊風嗎？」

隨著一聲「砰」的巨響，小飯桌被用力踢倒，朝角落滾去。滾動時，還能聽見玻璃破碎的聲響。

雖然韓常瑮努力地不露出驚嚇表情，但他那害怕的內心，卻令他藏不住嚇得蜷縮的肩膀。

「媽的，上位者叫他們來，他們居然敢不來！嗯？」

李韓碩一邊咒罵，一邊瘋狂地亂按對講機的按鈕。

在對講機正上方以及左右兩邊刻著鳳凰的金色掛軸並沒有文字。

正確來說，就算只是一顆石頭，在宮內也會有它的名字和規則。

就算這裡只是廂房的一間房間，掛軸上方應該會刻有居住者的名字。

由於他們尚未舉辦婚禮，申尚宮表示這裡無法刻上李韓碩……不，應該說是「韓常璟」的名字。

想當然這只是申尚宮的藉口。

對於在這個沒有主人的宮裡，李韓碩表現得像是一名地痞流氓，連花宮的人們對此感到不滿，這是他們努力想否認李韓碩是自己的上司而特意耍的小心眼。

儘管李韓碩再怎麼表示自己是上位者，依然沒有人願意禮遇李韓碩，就算他按到手指快斷了，也沒有人給予回應。

「媽的，等父親入宮就知道了，我絕對不會放過那些傢伙！」

李韓碩跺著腳破口大罵，而在他開口的每一瞬間，都能感受到陣陣酒味。

不，倘若只是喝酒那也還好，但他的酒杯杯底都殘留著藥物的沉澱物。

通常無法將毒品帶入宮中，但不知他用了什麼伎倆帶入並濫用著合法販售且經過比例調整的藥物。

要說現在宮內暗地流行的興奮劑或是類似毒品的藥物，都是從那些與李韓碩發生關係的人學走，並散布給他人的也不為過。

「所以你有在服用那些新藥嗎？」

「不，我現在的狀況還不能使用那個藥，但是……」

「嗯？你怎麼一直頂嘴，連你也覺得我好欺負？」

下一秒，韓常瑮就像剛才那個被踹倒的小飯桌，也被李韓碩粗暴地踹倒在地上。他在地板上滾動時，手腕傳來疼痛，似乎扭到了。但因為不能引起騷動，所以他只能咬著牙隱忍著。

其實有很多人都在注視著這裡的一切，駐守著這個連花宮的宮人們對李皇子的有著相當高的忠誠度。

他們放任每晚做著不堪勾當的李韓碩帶著外部人士進宮，是因為他們很清楚地知道，這只不是一個在正式舉行國婚之前，就會結束的契約罷了。

李韓碩越是不明事理，他們所服侍的李皇子殿下就越能優先取得對自己有利的地位。

因此，他們現在看見李韓碩在胡作非為，他們也會選擇當作沒看見。

這些人能夠輔佐皇室直屬成員，在某種程度上，代表著他們很懂得察言觀色。透過這些年來的各種豐富經驗，他們很清楚地明白，若要乾淨地戳破膿包，就要等膿包成熟再下手。

在這種情況下，李韓碩，嗯……應該說宮人們眼裡的「韓常瑮」，每天將身分不詳的孩子從娘家帶來，將他們欺負得體無完膚的事情，無法成為醜聞。

對他們而言，最大的問題是從兩三個月前開始，「韓常瑮」就像是有計畫似的讓各種不同的人入宮玩樂。

如果只是一兩個人的話，那還可以當作沒看見。但最近還直接大搞亂交，甚至從讓人偷偷入宮，變成正大光明地進入。

這也讓宮人們額外增加了將那些潛入宮中的記者趕走的工作。

「你以為我是因為想做，所以才做這些麻煩的事嗎？還不是因為現在外面在傳我欺負你這種傢伙的鬼話。」

李韓碩不屑地表示，欺負韓常瑮能夠得到什麼好處？

依照李韓碩的說法，其實他也不是故意要讓韓常瑮這麼痛苦的。

李韓碩被賦予的任務是要讓韓常瑮服下從韓家那裡取得的新藥，並回報他的狀態。

他也對自己因為那些不認識的傢伙變得可笑而生氣。

既然少爺都那麼說了，區區一個實驗體又怎麼敢越線反駁他呢？

「啊呃！」

韓常瑮被踹的時候，還能忍耐痛意。但現在突然被抓住頭髮，自己卻自動發出悲鳴。

——這是李韓碩的壞習慣之一，他像是要撕了對方頭皮似的，動不動抓住對方的頭髮，並拖著他走。

「那個、少爺……很、很痛……」

「吵死了。」

李韓碩一邊叫韓常璟閉嘴，一邊踹著他那瘦弱身軀。

他抓緊韓常璟的衣領，動作粗暴得像是要將他的衣服整個撕碎。

「喂，我剛剛偷看一下，申尚宮現在是叫你孩子？」

「那、那是因為……」

「孩子？真令人無言。」

奇怪的是，宮人們每次見到韓常璟時，臉上都藏不住替他感到可憐的神情。

就算只是一點點也好，他們也會想辦法拿吃的給韓常璟，就算剛吃完飯，也會塞點心給他，要他趕緊吃。甚至有時候還會給他不知道從哪裡找來的童話書、襪子或是陀螺等等的小物品。

李韓碩每次看見的瞬間，心底都會感到不是滋味。一副像是自己應該取得的關注與憐憫，全被韓常璟搶走，令他憤怒不已。

在李韓碩眼裡，韓常璟只是一個骯髒又愚蠢的蟲子。

他不滿著，自己就是養活眼前這個乞丐的人，他卻被一堆惡意傳聞纏身。

的確，他在廂房裡過著放蕩糜爛的生活是事實，反正宮人們所服侍的皇子殿下也不打算真的舉行國婚。

從一開始就不是基於信賴與感情而建立的關係，到底有什麼好不高興的？

對李韓碩來說，真正讓他覺得敗壞的，就是韓常環明明就不是Omega，後面卻溼成一片的身體。

「他們連你後面那個洞花了多少錢都不知道……」

每當李韓碩看見韓常環在任何地方都會被他人疼愛，內心就會煩悶地捶胸頓足，埋怨著那些人根本就不知道真相。

「媽的，我居然直到死都得用這個骯髒傢伙的名字……」

李韓碩從小無法稱呼韓代表為父親，必須過著躲躲藏藏的日子。

現在更不能用李韓碩這個名字，而是得用骯髒臭蟲的名字生活，令李韓碩為自己感到可憐。

每當他看見韓常環時，就會覺得自己既委屈又煩悶，而做出一連串的無理行為。

李韓碩的心情韓常環也許無法理解，就將自己所認定的不幸，全部都歸咎到他的身上。

「喂，你說說看啊！你覺得，若是他們知道你從小到大，是作為何種用途而成長的，那他們還會對你這麼好嗎？」

韓常璨緊緊咬著下唇不語。這些責罵的言語，他早已聽了好幾百遍。儘管如此，每當他聽到這些話時，還是會意志消沉。

其實韓常璨以前不知道什麼是羞恥心。

具體來說，但當他越是熟悉那高掛在柳樹上的月影、宮人們越是疼惜他，他也越能明白自己以往的人生是多麼地悲慘。

以前他都像是一個不帶任何情感的機器點頭回應，但不曾想過現在聽到這些是事實的話語，卻似乎真的有那麼一回事。

從某些方面來說，李韓碩的想法並不完全是錯誤。雖然不久之前，申尚宮才指著李韓碩表示他行為淫亂，但其實他自己的情況，也沒有什麼不同。

入宮後的他經歷過幾次休止期。在那段期間，只要到了特定時間，他的眼角就會變得紅腫，身體各處還會發燙，稍微吸入空氣，嘴巴就會變得相當乾燥，後面還會有一種既空虛、又搔癢的感覺。

具體來說，他雖然不記得那是什麼感覺，但最近的他開始有一種希望能被某個東西插入體內的感覺。

那些覺得自己很可憐的宮人們若是知道事實，還會像以前一樣對自己這麼好嗎？大概不會吧，怎麼可能會？

「喂，你現在是把我的話當作耳邊風嗎？」

「咦？不，我不是這個意思……」

「你該不會以為，那些鐵飯碗能把你從趙東製藥裡救出來吧？」

正當韓常環感覺自己快被勒死的瞬間，他又被李韓碩高舉並扔向了地板。

「咳……」

「醒醒吧！要是一個不小心，他們搞不好因此弄丟自己的飯碗，又怎麼可能管你的死活？」

隨之而來的是接二連三的暴打，韓常環熟練地抱著頭並蜷縮著身體。

令人慶幸的是，打在身上的力量似乎沒有想像中的痛。不曉得是因為藥，還是酒的關係，神智不清的李韓碩所揮出的拳頭一直打偏。

當然，在這樣的狀態下若是被揮中，那一定會很痛……

「所以呢？這次的藥怎麼樣？」

「我、我還不是很清楚新藥的效果……」

「少騙人了！我有稍微打聽過，聽說新藥包含許多成分，會更有刺激性。」

韓常環心裡本來想著，這頓暴打終於結束了，但李韓碩那雙無賴的手卻開始粗暴地脫起韓常環的褲子。

這件材質柔軟的睡衣是上個月某位宮人偷偷給他的，它就這麼空虛地被撕爛。

「等、等等！」

因為這件衣服是自己收到的禮物，而它接觸到身體的觸感和顏色相當討喜。就算穿上去有點熱，韓常琛在夏天睡覺的時候，只會穿著那件衣服。

就算韓常琛不想讓這件衣服就這麼作廢而試圖掙扎，但這樣的舉動卻只讓李韓碩一邊笑著，一邊用更大的力氣，粗暴地撕碎這身衣服。

「這、這件衣服……」

「再給你一件新的不就好了？唉，你這乞丐般的可憐蟲……」

在嘖嘖不屑的聲音之下，韓常琛的身體被翻過來，而他那瘦弱的身體中，唯一一處稍微有點肉的屁股被緊緊地抓住。

李韓碩就像是在評價自己手中不停蹂躪的柔軟肌膚似的，一遍又一遍地大力搓揉著韓常琛的屁股。

他不曉得在嘀咕什麼，李韓碩將韓常琛的下半身往下拖。這隻手讓韓常琛感到害怕。

「哇，你剛剛在做什麼？已經全溼了耶。」

突然之間，韓常琛的姿勢變成坐在李韓碩盤腿坐的大腿上。

韓常琛被頂住尾椎的生殖器而感到不適連連扭動身體，立即換來一陣炙熱的抽打落在屁股上。

「啊！」

「喂，誰說要插了？我要看看你的洞狀態如何，好跟上面報告啊！」

在那像是要將身體撕成兩半，粗暴地抓住並撐開屁股的動作之下，韓常環不禁發出呻吟聲。

多虧韓常環那堅持不懈的理性，他並沒有發出太大的叫聲。

「不過，這真的很神奇耶！其他人吃了跟你一樣的藥，也沒有像你這麼淫。」

帶著不良意圖的手輕輕地揉弄著那飽滿的會陰部，以及溼透了的小洞入口。

「呃……呃唔！」

韓常環忍不住了，大力咬了自己的舌尖，也許是流血的關係，口中滿是苦澀的血腥味。

「呃、啊……」

抵著地板的額頭變得熱呼呼的，察覺身體因這點折磨而發熱，韓常環對自己感到心寒。

雖然不知道這是因為那爛得徹底的體力，還是因為之前所吃的那些藥……

「我看看，應該是在這裡吧……」

趴在地上小聲喘息也只是暫時的，韓常環的耳邊傳來李韓碩像是在找某個東西的聲音，地上傳來翻找的聲響，突然清醒過來的韓常環再次翻了身。

「給我乖乖別動，我已經夠累了，你若是引起騷動，最後受害的也是你自己。」

韓常璟那個被殘暴抽打屁股而產生的反抗心，瞬間就消退了。

與其說是因為痛，不如說是過去那些教導他不能拒絕他人觸碰他的教育，發揮了很大的效果。更重要的是，他現在感受到的，是與先前被用腳踹時不同的……微妙酥麻感，這該怎麼說呢，這感覺到底是？

「呃！」

「哇……瞧你噴水噴成這樣，你現在被打也會射嗎？」

「不、不是那樣的，啊、啊啊！」

「還說不是，上次都沒這樣呢。」

李韓碩反覆揉弄韓常璟那紅通通的柔軟肌膚，突然將某個東西推進溼透的小洞裡。

「現在你的身體真的變成了不論被誰摸，都會射的身體呢。」

雖然韓常璟忘記使用，但李韓碩所塞入的東西，大概就是命令韓常璟從今天起，要用來練習捅後面的那根巨棒。

「嗯……這是這樣用的嗎？」

李韓碩像是用刮的，讓指甲敲打棒子的末端，伴隨著喀滋喀滋聲而來的，是輕微的震動。如凝膠般黏稠的物體開始浸溼著內壁，看來這根巨棒是設有特殊裝置的道具。

「啊、啊啊！」

韓常環就像是忘記剛才所發生的情況，身體開始興奮了起來，不，也許是因為才剛吃過今天的藥，此刻所感受到的感覺比平常還要激烈。一瞬間，體內就變得軟綿綿的，入口和內壁柔軟地收縮著，開始吞食巨棒的末端。

當李韓碩握住像是把手的部分，用宛如鋸葫蘆似的慢慢動作時，韓常環便不自覺地發出帶有哭腔的呻吟聲。

那是一種彷彿漫步雲端的飄浮感，至少韓常環在此刻已經忘記後孔原本的用途，變成了碰到棒狀物就會瘋狂咬住並緊縮的器官。

「呃啊、啊……！」

韓常環不停地咬著自己的手臂，盡最大的努力降低自己所發出的聲音，但是那令喉嚨內部變得乾燥的快感不停湧現，令他無可奈何地屈服。

「啊、不行……啊、啊啊！」

努力忍住的呻吟最終還是不爭氣地投降，韓常環不禁擔心，若是外面的人聽到這種聲音，一定覺得很奇怪。

至今為止累積下來的謊言已經讓他覺得夠沉重了，韓常環不想讓那些可憐他的人們對

Whispers Through the Willows

他有奇怪的誤會，但是他的身體再也不受自己的意志所控，正肆意地不停擺動著。

「喂，別發出這種哇哇聲啊，要叫得好聽一點，才能賣得好啊！」

「呃、可、可是……」

李韓碩一臉失望地加快自己的手速。

「啊呃唔！」

「你到底會做什麼啊，你這樣以後能接客嗎？」

韓常璟從小吃了太多各式各樣的藥物，因此他再也無法進行更刺激的實驗。但若是這樣就放了他的話，花在他身上的鈔票就這麼浪費也有些可惜。

因此韓代表決定將他積極地使用在招待他人的工作上。

這些是李皇子即將歸來前的某一天，李韓碩找上韓常璟，明確地這麼說。

李韓碩會以「韓常璟」這個名字，在世人面前坦蕩蕩地生活。但已經沒有功用的韓常璟，將會被關在韓代表的一個無名別墅裡，過著向那些渴望被趙東製藥招待的人們張開雙腿的生活。

而這些就是韓常璟日後存在的理由。

「啊……呃啊啊！」

「真的很神奇耶，你這麼容易溼，為什麼不是真正的Omega呢？」

李韓碩一邊感到懷疑，一邊加快手速時，融化得像是水的凝膠沿著巨棒流下，開始浸溼他的手腕。

「就算是沒吃抑制劑的Omega，應該也沒辦法像你這樣吧……」

韓常璟緊緊握著自己的拳頭，努力地控制那一直想要抖動的腰部。

其實李韓碩並沒有說錯，Omega並不是指性愛成癮的人，更不是因為痴迷陰莖，會隨便向任何人張開雙腿的基因持有者代名詞。

但自己的身體變得很奇怪……也是事實。

「唔、呃、呃唔……」

「難道新的實驗真的成功了嗎？」

至今為止所做的，是要尋找能夠讓那些與特殊體質毫無關聯的普通人，看起來像Omega的實驗。

只要一點點的刺激，就會自動溼透的肛門、人為的迷人體香、細細少少的體毛與柔軟的肌膚。

總之，就是為了將他的身體轉變為大眾對Omega錯誤認知的身體，而進行的細胞重建動作。

但是最近服用的藥……感覺確實和以往不一樣。

之前曾短暫進行一個叫「開化」的計畫，那是在尋找能讓普通人真正轉變為Omega的方法，但最終得知不可能之後，這項計畫也就不了了之了。

但奇怪的是，最近韓常瑮的身體所產生的狀況，與研究員們當時說的有點相似。正確來說，是與研究員們所期望的樣子非常相像。

「啊……哈啊、啊啊！」

雖然韓常瑮一輩子都要活得像一名Omega。但實際上，他的身體從未真正改變，所以以後應該也不可能吧？

但是像這樣……累積得像是要爆發的性快感到底是什麼？這要怎麼說明才對？

刺激的臨界點迅速落下，身體內部不停地沸騰著。

韓常瑮就像是觸電一樣，輕輕地晃動著屁股，並搖著頭。

摩擦著地板的額頭與臉頰雖然會痛，但這種痛反而更好。

「不錯嘛！你這輩子可以不停做愛了，不需要做什麼其他複雜的事，只要高潮和射出就行了。」

感到麻煩的李韓碩大大地打了個哈欠，但完全看不出覺得無趣或是想睡的跡象……這個動作很明顯是故意的，他就是要惹韓常瑮不高興。

其實李韓碩並沒有逼迫韓常瑮的理由及權限。

不過，他的確是無法自由進出宮中的韓代表的事務代理人。目前最大的任務，似乎是要監視韓常環在宮內的言行舉止。

儘管如此，李韓碩遇上不順心的事，就會欺負韓常環，理由就是要隨時回報韓常環的身體變化。

每當李韓碩喝酒或用藥後，與帶回宮內的對象歡愉，留下一地糜爛，再將韓常環叫去寢室，做出宛如結束的儀式。

而他很明顯地就是想要把這個來不及向普通人宣洩，如殘渣般留下的自卑與施虐心發洩在韓常環身上。

因為不論李韓碩對韓常環做了什麼，韓常環都沒有資格反抗。

「嗯……」

韓常環感受到了一股像是要將他纖瘦的脊椎看到穿孔似的視線，李韓碩那清楚透露出他在想什麼的黏糊呼吸聲，令韓常環不禁起了雞皮疙瘩。

「那、那個、少爺……這、這樣應該就可以了吧？到、到目前為止，似乎都沒什麼副作用，很有效的樣子……」

沉浸在思考其他事情的李韓碩，也不知道是不是被韓常環的呼喊嚇到，輕輕地抖了一下肩膀，發出「喔喔」的回答聲。

那像是會往奇怪方向發展的緊張氛圍瞬間解除。

韓常瑮努力掙扎，並試圖起身，思緒就像被剪刀一把喀擦剪掉，李韓碩鬆開緊抓著韓常瑮的手。

李韓碩剛才在思考，他要不要將生殖器插入韓常瑮的洞。最近……不，應該說是今年開始，韓常瑮一直有這種的感覺。

倘若韓常瑮像過去那樣關在別墅裡，不論李韓碩對他做了什麼，韓常瑮大概都會接受，不會反抗吧？

而韓常瑮會那樣做，也並非是不明白做愛的意義為何。但是該行為的方法與過程，他也只能透過字面上學習，並不知道具體行為到底為何。直到進入連花宮，聽見人們的竊竊私語。

若那是韓代表所下達的指示，那他也只能照做，但如果不是的話，其實他並不想和李韓碩之間發生那種行為。

「也是，現在就把事情搞砸，會被父親罵的……」

李韓碩嘴裡嘀咕著聽不懂的話，用力地推了推韓常瑮的額頭。

雖然韓常瑮的額頭會痛，但與那個讓自己噁心想吐的巨棒突然拔出的劇痛相比，這根本不算什麼。不論如何，韓常瑮對這個結束宣言是開心的。

「喂！雖然不清楚是不是公司讓你吃了那些能模仿Omega的藥……」

話說到一半，韓常瑮一拐一拐地起身，正要逃跑的瞬間，他的側身被李韓碩狠狠地踢了一腳。

這次的他來不及發出叫聲，取而代之的是被踢中要害，而感到呼吸困難。

「但至少別忘了是誰讓你這傢伙變成了會讓人想幹的樣子。」

韓常瑮不停地大口呼吸，這是為了減輕痛苦所表現出的本能反應。

李韓碩盯著他那狼狽的掙扎模樣後，發出嗤之以鼻的冷嘲熱諷，隨後邁出沉重的腳步——他很明顯地是被某個掉落並破碎的物品聲響所吸引。

韓常瑮等到沉重且笨拙的腳步聲稍微遠去，這才悄悄地撐起身體。雖然那消逝的痛苦又在此席捲而來，但他心裡仍感到慶幸。

韓常瑮想要快點離開這裡，回到那雖然小卻散發著清爽木質香，意外地能將月亮看得很清楚的住處，讓自己疲憊的身軀好好休息。

韓常瑮將撕碎的睡衣蒐集起來，輕輕地揉著自己的側身和肚子，並環顧了四周。

而理所當然的是，這個房間裡沒有合適的衣服，連一件睡袍之類的都沒有。

他既擔心又著急，害怕李韓碩可能又會再次回來，揪住自己的後頸。

還好韓常瑮在房間的角落看見一堆衣物，並帶著開心的心情，緩慢地爬過去並伸手翻了翻。

但那裡盡是狀態糟糕到根本無法被稱做衣服的布塊，令他有些尷尬。

韓常環一臉慌張，愣愣地望著手中抓起的東西。他手裡撿起的是一件至少還算是乾淨的校服。

「這是什麼啊……」

若是那種與校服相似的廉價戲服那也還好，但因為這似乎是真的校服，心情反而有些奇怪。

「穿這種衣服之後做愛……心情真的會變好嗎？」

韓常環捲起手中被撕碎的絲質睡衣，安靜地打開門，正想跨出去的韓常環在一瞬間湧上心頭的想法之下，低頭看了看自己的身體。

「這真的是……校服嗎？」

韓常環舉起手臂，端詳著衣服的袖口，伸直腳尖，目不轉睛地盯著這個有著常見設計的褲子。

他的模樣就像第一次穿上閃亮禮服的仙杜瑞拉一樣。

這件短袖的襯衫再加上顏色普通的褲子，不管再怎麼看，都是以前在字典裡看過的普通校服。

「哇……」

因為韓常環不被允許離開實驗室，他也從沒想過要去學校上學，穿上校服對他來說也是一個嶄新的體驗。

「嗯……鏡子在哪裡呢？」

韓常環並不是有了什麼奇怪的想法。他也很清楚這是一件在未經允許下，就以不良意圖帶進宮裡的衣服。照理來說是要馬上燒毀的，但是……他從很久之前，就很想看看自己穿著校服的模樣。

韓常環穿上校服後，小心翼翼地跨出腳步，瞬間感覺到身後有什麼東西正在流出來，這才突然清醒過來。

不久前他在自己的住處往肛門口塗上了不明的藥物，再加上李韓碩也用奇怪的巨棒盡情地抽插著他的肛門，而他連將變成水狀的凝膠擦拭乾淨的時間都沒有，就先急忙地穿上衣服跑了出來……所以後面會溼也是理所當然的。

「現在可不是做這種事的時候……」

一瞬間，韓常環有種被潑冷水的感覺，居然撿了別人……而且還是李韓碩與某人做愛時所使用的衣物，自己還做起了不像樣的夢。

韓常環抹了抹臉，便赤著腳邁出步伐，儘管不是被誰看到自己現在的醜樣，但他心中

還是有滿滿的羞恥感，打從一開始，自己就是連想像這種美好妄想的資格都沒有的實驗體罷了……

「啊，對了！」

韓常環突然想起了那個必須處理掉的試劑瓶，趕緊摸索著那早已被撕爛的睡衣，但是……

「……咦？」

令人慌張的是……他的手……並沒有抓到任何東西。

「奇怪，我明明是放在口袋裡啊……」

韓常環用那慘白的臉，不停地按壓著衣服。

而不久前為此感受到的莫名浮躁感，和獨自感到害羞的心情也瞬間消逝。

雖然他不停地用那毫無血色的指尖摸索著他撿回的睡衣，口袋並沒有沒被撕破，但卻摸不到瓶子的觸感。

「難道是掉在廂房裡了？」

萬一真是如此，那算是不幸中的大幸，宮人們面對李韓碩的多次傳喚，只會勉強地前往回應一次。況且，就算李韓碩再怎麼討厭自己，若是發現到奇怪的藥瓶，他也一定會不讓他人發現，確實地處理掉。

但如果是在被李韓碩拖著走的那時，掉在半路上的話⋯⋯

韓常璟想起韓代表那對自己做出各種駭人警告的表情。

他說有些記者會翻找從皇室丟出去的垃圾，所以他一定要把藥瓶破壞到看不出形狀，並灑散於四處⋯⋯

「啊，這該怎麼辦才好⋯⋯」

瓶子是一個小小的透明瓶，四周非常黑暗，只能依靠隱約閃爍的燈火尋找。

韓常璟稍微縮著身子，觀察地上是否有任何物品，任何藉口在韓代表面前都不管用，他一定要找到藥瓶。

韓常璟不停掃視著這片鋪成相同樣貌，會使人目光混淆的石子路。

忽然間，一道像是燈籠的，太長太怪的巨大影子映入眼簾。這個擋住視線的影子似乎被韓常璟嚇到，看向後方。

韓常璟還來不及大叫就被突然出現並抓住自己腰部的手帶走了。

Whispers Through the Willows

第02章

韓常璟全身僵硬地眨了眨眼睛。

困惑地思考眼前的人究竟是誰。

能夠猜測的可能性太多，讓韓常璟感到頭昏腦脹。

雖然不是出自自願，但也因為自己身上隱藏的祕密過多，還是心虛到連在被拖走的路途上都害怕得畏縮起來。

耳邊響起了自己的血管跳動聲，仔細看的話，似乎能清楚看見那薄薄的襯衫底下，心臟快速跳動的模樣。

那環住腰間的手臂相當健壯，觸碰到背部的身軀就像一顆大石頭，還有讓他感到無言的是，這個人還散發著好聞的香味，那是清爽溫和的木質香和篝火香，就跟申尚宮之前給自己看過的漂亮化妝品的味道……嗯，總之就是混合一切美好的獨特香味。

「請、請問您是……？」

當韓常璟鼓起勇氣發問，頭頂傳來的是一陣好似嘆息般的笑聲，那彷彿是在說，你怎麼現在才問這個問題。

「嗯……」

巨大的指尖在腰上輕輕地移動，片刻之後，那不知究竟身分為何的怪人終於開口了。

「嗯……我並沒有要對你做什麼壞事。」

男人的聲音意外地年輕，甚至讓韓常瑮忍不住想，他的年紀是不是與自己相仿。

「我只是擔心會被其他人發現。」

意外的是，男人的行為舉止也相當穩重，這讓韓常瑮在這個瞬間，內心有些混亂——他對於自己認定對方是壞人而感到抱歉。

「您、您是……」

那有如繩子一般，緊捆著韓常瑮身體的大手將他輕輕一轉，最先映入眼簾的是和那件被李韓碩撕碎的睡衣相似……不對，應該是設計相似，但質感看起來確實高級很多的黑色絲綢睡衣。

而當視線清楚地看見繡在口袋上的銀色木槿花，到剛才為止都還在激烈跳動的心臟，開始緩慢下墜。

木槿……花？

「喔喔……」

韓常瑮心中開始出現了疑似出了什麼錯的不祥預感。

他緊張地吞下口水，尷尬地稍微將目光向上移動，那如蜻蜓翅膀般隨風飄揚的章服衣袖、又高又壯的身體和拳頭大小般的臉，就像是造物主用心作畫，以一筆一畫美麗的線條所打造出的一般。

只要是身為這個國家的國民，就無人不知無人不曉的美男。

「抱歉。你嚇到了嗎？雖然現在才問這個有些好笑……」

這個人是自己的……不對，那是李韓碩，也就是代替自己之人的訂婚對象，更是這個宮的主人，第二皇子李鹿。

韓常環嚇得手裡的衣物都掉落在地，像傻瓜似的張開了嘴。

雖然知道自己這樣傻愣愣地張著嘴巴很愚蠢……但他也是與先前不同的原因而嚇到無法動作。

這個人……怎麼現在會出現在這裡？聽說他連回國日期都還沒確定，不是嗎？

「哎呀，看來你真的受到不少驚嚇耶，要不要幫你叫太醫？」

「嗯？」

「你等等，我馬上……」

「不！不用了！真的不用！」

韓常環有如那種放開背後緊拉的線，才會開始咚咚咚移動的娃娃，尷尬地連忙揮了揮手。

「真的很抱歉，我不是故意要這樣的。」

不知道是不是韓常環那個模樣太有趣了，李鹿輕輕地露出笑容，隨即像似對此感到抱歉，在搖了搖頭後，又再次鄭重地道歉。

「不，是我……我連皇子……不對，我連殿下回來了都不知道……」

韓常璟沒有意識到自己宛如機器人似的，同手同腳回應，並彎下身體撿起落在地上的布塊。

雖然在撿拾過程中不小心連大塊石頭一起撿起，但是他根本沒有篩選的時間。

「話說回來，你在找什麼？」

「呃？」

「你是不是把什麼東西掉在地上了？」

「沒……沒有呀！這並不是殿下您需要在意……的事……」

「因為我在想……你是不是在找這個？」

本來就很膽小的韓常璟幾乎就要當場氣絕。

自己不久前還心急如焚地在尋找的那個試劑瓶，居然就在眼前的那隻大手裡。

——怎麼會？到底為什麼？

偏偏一盞漂亮的燈籠照亮了他現在所站的地方，無論怎樣，自己都無法否認說不是。

「這是你在找的東西嗎？」

這句話與其說是在詢問，不如說李鹿確信就是如此。

韓常環被嚇得臉色鐵青，緊閉著嘴，不停地緊咬乾燥的雙唇。

儘管知道自己現在看起來就像一名作賊心虛的人……但是對於這種突發狀況毫無招架之力的他，完全想不到任何有用的方式應對。

「嗯……」

李鹿看到韓常環默默不語，露出有些無聊的表情，撥了撥向下蓋的瀏海。

「總之，我聽說你是我的訂婚對象……也就是從趙東製藥帶來的人。」

韓常環看到李鹿說到訂婚對象一詞，門牙稍微觸碰到下唇的樣子——明知現在不是想這種事情的時候，但韓常環還是不自覺地感到煽情，使得他暫時忘記自己的處境，臉紅了起來。

「對吧？」

「啊……啊，是，沒有錯。」

「那真是太好了，我不是故意要那樣的。我想你應該也知道，我也是特殊體質的擁有者，我一看就覺得那應該是跟體質有關的藥物，就先撿了起來，並非要向你追究詳情。」

李鹿真的就像沒有其他特別意思似的，將試劑瓶遞給韓常環。

為什麼剛才表現得一副像是在試探別人似的，現在卻又一副輕鬆灑脫的樣子……韓常環雖然很想這麼問，但目前不是問那種事的時候，他還是伸出顫抖的雙手，接下試劑瓶。

「幹麼這麼害怕？」

也許是因為韓常璟那一副像是犯了什麼死罪的顫抖模樣太過搞笑，李鹿微微地笑了一下。

「嗯……若要繼續找藉口的話，我的確是在等著你，因為你那被強行拖走的樣子，讓我有點擔心。」

「呃？」

從被李韓碩拖走時開始……他就看在眼裡了？那意思是，他從很早之前，就一直都待在這附近？不，不對，這根本就不重要。

李韓碩剛才說了什麼？要是被那個人聽見什麼的話，那該怎麼辦？韓常璟那嚇得鐵青的臉上，眼睛緊張得不停打轉。

「可以的話，我可以跟你聊聊嗎？」

李鹿說得客氣，但這仍是一種令人難以違抗的語氣。因為這次對自己來說，一樣是沒有選擇權的問題，所以韓常璟也只好點頭答應。

「謝謝。」

李鹿示意要韓常璟跟著自己，並向樹叢裡大步邁去，而身高比他還要矮的韓常璟，必須加快腳步才能跟上他。

韓常璟完全沒想到裡面還有路。不過，這是要去哪呢？長長的樹枝搔癢著頭部，感覺就像是要走進柳樹的懷抱一樣。

「哇……」

一跨過長及腰間的不知名盆栽與樹叢，至今為止從未見過的湖水和小石橋出現在眼前。淡色系的燈籠臺稀稀疏疏地坐落著，那宣告季節的蟲聲在耳邊搔癢著。

在一切好不真實的美麗景致下，韓常璟不僅忘記自己的處境，甚至還發出了讚嘆。

「很漂亮吧？」

「是……」

「環繞著整個柳永殿的湖水，是從這裡開始的。那是從這裡像這樣圍繞的圓形結構。」

「啊，原來如此……」

「我第一次來連花宮的時候，也最喜歡這裡了。我們剛才來的那條路沒多少人知道，是個就算躲起來，也不太會被人找到的地方。」

李鹿用大拇指指了指身後，大略指出了方向。

「這邊是寢殿、這裡是別墅，那裡則是你穿著睡衣走出來的地方。啊，抱歉，我可以抽菸嗎？」

這次的語氣也跟之前差不多，與其說是想要取得同意，不如說是一種溫柔的告知。韓常環反射性點著頭後，這才真實地感受到眼前這個人的尊貴感。

其實在這之前，什麼皇帝陛下、皇子殿下之類的，他都沒有什麼太大的感覺。

他在短暫入宮生活的期間，雖然學習到基本規範及歷史，但這對韓常環來說仍是無法觸及的概念。

而且……雖然沒辦法告訴任何人，但韓常環卻放肆地對皇室成員及李鹿……抱持著親切感。

現在的皇室雖然對過去的獨立運動有著顯著的功勞，但是在其他君主立憲制的國家生活的普通人們，也漸漸變得難以接受僅以血脈來繼承的結構。

為了救國而奉獻一切的皇室，雖然現在仍是國民們的驕傲與榮耀，但與此同時，認為自己不論再怎麼努力，也達不到所謂的上位階層因此感到反感的人也不少。

他們因為投胎投得好而受到高階禮遇的人生，是否真適合現今這個時代？

認為現在也差不多該結束皇室遊戲的激進派會在選舉中成功當選，也是因為這個原因。

但是奇怪的是，韓常環卻對皇室……正確來說，應該是李鹿所背負的壓力和不合理感到惋惜。

自出生的那一刻起，就要背負著他人的期待而活下去，究竟是什麼樣的人生？

李鹿甚至在全國人民都鬧哄哄地討論著自己是特殊體質擁有者時，也要在鏡頭面前露出微笑。

當然，像韓常環這樣的傢伙……若以李韓碩的話語來比喻，就是如蟲子般的傢伙，怎能跟皇子殿下視為同個等級。

「這個商品是以僅在連花宮才有的柳樹命名。但因為樹種珍貴無法砍伐，所以這是在竹子上不停漆上黑漆所製作出來的。」

李鹿指著從衣袖裡拿出的巨大菸斗笑了笑。

也許這是他很常使用的物品吧？手持的部分已經被磨得油油亮亮的。

韓常環想著，殿下是不是喜歡黑色呀？披在身上的章服、他穿著的睡衣，以及手上菸斗的菸嘴與菸桿全部都是黑色的。

韓常環早已忘記自己手上的東西究竟是石頭還是衣服，猛盯著李鹿那緩緩吐出煙霧的雙唇。若將這個美麗的宮殿比喻成人類的話，那大概就是像李鹿那樣的秀麗容顏吧？

而他的語氣和小習慣，卻輕易地引發人的下流想像。

完蛋了，自己的身體及心靈現在就像李韓碩所說的，真的變淫蕩了。

「你跟韓常環很熟嗎？」

「……呃？」

韓常環突然聽見自己名字，嚇得叫出聲音。

直到他看見李鹿做出像是吃了驚而稍微歪著頭的動作，韓常環這才意識到李鹿所指的並不是自己，而是李韓碩。

對了，在這個地方，自己並不是韓常環……

「啊……是的，沒錯。」

「我發現你膽子很小耶，老是被嚇到。」

「呃……抱歉，因為我從沒遇過……身分地位如此崇高的人……」

韓常環舉起手緊壓自己的胸口，但是那噗通噗通跳個不停的心臟仍然無法輕易控制。

「嗯……少爺他……身體很不好，又因為體質的關係，不喜歡和人們一起住，所以……所以從小……」

韓常環冷靜地將自己刻印在腦海裡的手冊內容說了出來，這是他背到膩的設定手冊裡的其中一部分，而他也已經背得滾瓜爛熟到就算在睡夢中戳他一下，他也能馬上道出內容。

但是……

「是啊，我有聽說韓常環從小身體就很不好，所以趙東製藥才會故意對你做這種事嗎？」

李鹿那突然打斷話語的疑問令韓常環慌張不已。

「……咦？」

這種情況、這種問題，可沒出現在韓代表給自己的設定手冊上啊……

「我從你的身上感受到了那種……像是刻意打造？嗯……就是刻意模仿Omega的……那種感覺。」

「刻……刻意？」

看著韓常環那慘白的臉，李鹿用手揮了揮眼前的煙氣，急忙地補充說明。

「啊，真是的，我這麼說並不是想打壞你的心情。」

李鹿轉過頭，朝著與韓常環相反的方向吐出含在口中的煙氣，然後輕輕地乾咳幾聲。

「嗯……我從剛才開始，好像一直說著我不是故意的，聽起來有點尷尬。嗯……我也不知道該怎麼向沒有特殊體質的人說明這種心情，不過就像我所說的，總覺得……就是……你身上真的有一種會挑動Alpha神經的感覺，但又好像不是真的Omega。」

像是故意模仿出來的……並非真的。

雖然李鹿認為他那聽似無理的表現會令韓常環感到錯愕……但其實並非如此，韓常環會感到驚訝，是因為他沒有想到有人會如此輕易地解讀出自己人生的一切，而對方還是自己一直很努力小心的對象。

——李鹿只是遇見了自己，並聊了幾句而已。

韓常環很清楚自己不是真的。畢竟從一開始，韓常環就認為他並非是李韓碩，是不可能會遇到李皇子的，因此不放在心上……仔細想想，這也是理所當然的，擁有Alpha或Omega體質的人，本來就是被設計成如磁鐵般，互相吸引的基因擁有者。

李鹿是真正Alpha，怎麼可能辨別不出眼前的Omega是真是假。

在與先前不同的原因之下，韓常環再次紅起了臉，明明就不是Omega，但卻裝成Omega，這在他眼裡該有多可笑呢……

「這只是我隨便猜的，畢竟那裡可是趙東製藥嘛！你現在手裡拿的那瓶藥也是，雖然我不知道該怎麼說明才好，但我也感受到了跟那方面……有關的感覺。」

「……」

「嗯……簡單來說，就是你身上散發著的香氣會刺激我的神經。我這麼說，你聽得懂嗎？」

李鹿輕輕低下頭。韓常環身上散發出來的一切都非常有人工感，而他似乎也透過觀察，將韓常環時刻變化的表情收入眼底，確認自己的猜測是否正確。

「所以我在想……會不會是趙東製藥故意把你打造成看起來像是一個Omega，並把你送來這裡。」

啊……韓常環這次是真的嚇到心臟要跳出來了。

韓常環小心翼翼維護著的那小小世界瞬間變得支離破碎。

「……看來我這次的問題是真的滿困擾你的，不過這也只是我的猜測罷了。」

此刻，韓常環雙唇乾燥到緊繃，對韓代表和研究所的員工們的埋怨也隨之加深。說著需要應對各種情況，並讓自己練習吃下各式各樣的藥物。但是他們卻沒有想過，當自己與真正的Alpha面對面對話，就有可能會露餡嗎？

「訂婚前也不願意讓我看照片的寶貝兒子……有一位從小就陪在身邊的同齡朋友……」

李鹿盯著韓常環的臉色，以柔軟的語調繼續說著。

「韓常環是Omega，而在他身邊伴他一同長大的朋友卻散發著人工Omega的氣息。韓會長手上還擁有國內最大的製藥公司，我想趙東製藥若要為了以防萬一，用這種方式把你養大，也不是一件難事。」

「不是……萬一……我是……」

「眾人皆知，韓會長是多麼疼愛自己的小兒子。令人掛心的事情鐵定很多吧？像是誘拐這類的犯罪，也有可能是為了自己柔弱的兒子，事先準備與其相符的新器官……」

啊……好險李鹿的猜測並非完全正確，也是……他應該猜不太到自己的訂婚對象其實是韓代表的私生子吧？而「韓常環」這個名字其實是自己的，還有自己是遭遇著什麼樣的對待在趙東製藥成長的，他也不會知道……

「話說回來，你還是學生嗎？現在天氣也冷了，你為什麼穿著夏季制服？」

「學生？」

「這似乎是附近學校的制服耶。」

「啊……不，我已經二、二十歲了……」

韓常璟那因慌張而快速揮動的手緩慢地停下來。在被李韓碩拖走之後，自己以凌亂不堪的狼狽模樣走出廂房，而那些被撕碎的衣服，也被他抱在手裡。自己在進出廂房時所穿著的衣服前後不一，甚至是穿著制服走出來……

韓常璟思考著自己在李鹿眼裡，究竟是多麼奇怪。

──他應該不會懷疑自己跟李韓碩之間發生了什麼亂七八糟的事吧？拜託，我真的不想那樣……我不想受到那種誤會……

雖然韓常璟被自己的慘樣氣到眼淚就快奪眶而出，但好在李鹿只是聳著肩，輕輕地回了一句「是喔」。

「對了，你的家人呢？既然你從小就待在韓常璟身邊……那你父母也是在趙東製藥工作嗎？」

「……喔喔，嗯。」

「啊……沒事，我並不是要審問你，這種難以回答的問題，直接跳過也沒關係。」

「……是。」

雖然很感謝李鹿裝作若無其事地轉移話題，但是與家人相關的話題，也算是他不樂意面對的問題。

韓常璟的腰部就像是僵硬似的無法輕易轉動，對於自己像傻瓜般愣著回不出話來而感到鬱悶。

他這輩子說過話的對象，不是韓代表，就是研究所的員工們和李韓碩。而與外人的接觸，則是在來到連花宮後所遇見的宮人們而已，所以那些日常對話對他來說十分困難，更別說是，現在談話對象還是李皇子。

但是韓常璟也不是要埋怨誰，一切的錯都歸於愚笨且不足的自己。

在實驗室的時期也是，若得不到目標實驗結果就會被罵。在研究員們看見期望的反應之前，他被折磨、虐待，也都是因為自己的不足所致。

「我似乎因為太過心急，而向你詢問了許多無禮的問題呢。」

李鹿在菸頭的火苗完全熄滅後，難為情地搔了搔太陽穴。

「我才剛回宮，而現在也是重要的時期……但我對那滿是問題的訂婚對象一無所知。這些問題，我也只能詢問與他親近的人。」

滿是問題的訂婚對象……

韓常瑮壓低聲音，嘴角微微笑著，並慢慢地重複了那句話。

儘管知道李鹿指的不是自己，而是李韓碩，當他那溫柔的聲音散發著煩躁，並喊著自己名字，心裡還是會覺得有些惆悵。

「那個……雖然有點突然，但如果你沒問題的話，我們明天要不要再見個面？」

「明天？」

「嗯，明天，差不多在這個時候，一樣在這裡見面，你覺得怎麼樣？到時我不會像今天這樣問你這麼恐怖的問題。」

「啊……」

「還是你有事要忙？」

「不、不是，雖然沒有事情要忙……」

反正要做的事情，不是幫助那些忙碌的宮人們做雜事，就是時間到了吃藥，然後呆呆地欣賞著外面的風景……若是運氣差一點，就會像今天這樣，被李韓碩抓去罷了。

但是，和李鹿……和真正的Alpha如此親近，真的沒關係嗎？

韓常瑮面對這個疑問，難以做出判斷。當然，若是這個宮的主人要約自己見面，那還是要答應。但如果出了什麼差錯，這次大概不光只是被罵，就能夠解決的吧。

還是先告訴他不確定，得先看看少爺的行程再做回覆吧。

這種程度的臨機應變韓常瑑還是會的，但是他卻完全說不出拒絕的話語。

韓常瑑無法拒絕，並不是因為他要無條件遵從皇子殿下的話，單純只是自己想這麼做罷了，這麼棒的人說要與自己再次相見，韓常瑑不想拒絕這樣的請求。

「對了，你叫什麼名字？」

「韓……」

啊，韓常瑑在開口的瞬間，又馬上閉上嘴巴。

瘋了，真是瘋了！差點就要不小心說出自己的名字是韓常瑑了。

「韓？只有一個字？」

「嗯嗯……您只要叫我韓……就可以了。」

雖然聽起來一定會很可疑，但這也是沒辦法的事。

韓常瑑仔細回想他在入宮時寫的名字是什麼。

他很確定不是寫李韓碩……啊啊，對了，是金哲秀嗎？因為李韓碩叫韓常瑑時，不會以任何名字叫他，而宮人們也用孩子來稱呼他，所以韓常瑑完全不記得這個名字。

不過本名和暱稱本來就可以有所不同，皇子殿下看起來也不像是在這種事情上找碴的人。

嗯……應該說……韓常瑑想這麼相信。

「韓……好吧。」

在那輕輕的點頭之下，韓常環也終於能夠稍微露出一點笑容。太好了……看來狀況並沒有那麼尷尬。

「喊著韓先生……我會有疑似在叫韓會長的微妙感。好吧，我看別叫你韓先生了，叫你韓伊好了。」

「那個……您說話可以放輕鬆一點。」

韓常環從先前的應對中稍微獲得勇氣，決定提升對話的難易度。

他拚命想著普通人在初次見面時，該如何自然對話，便想起這句要對方可以放輕鬆的臺詞。

這也是剛入宮時，李韓碩最常聽到宮人們對他說的話，雖然申尚宮憤慨地表示自己對此感到後悔。

「華……華親王殿下。」

當自己連尊稱都道出口的那一刻，韓常環對說話得體的自己感到心滿意足，心裡想著自己應該表現得不錯吧？

任誰看了都會覺得，這是能將那有如傻子般的怪異模樣忘掉的機會。

「哈哈，現在尚未舉行冊封儀式，你說出了會引發騷動的話呢。」

「咦?可、可是大家都稱您為華親王……」

「嚴格來說,我現在還是李皇子。那個稱呼是因為在這個宮裡的都是我的人,所以才會那麼說。」

李鹿輕輕地笑著說明,在像冊封儀式這樣的大事發生之前,虎視眈眈地注視著自己的人就會變多。

韓常瑮無法理解地皺起眉頭,他身為太子唯一的弟弟,長大成人後冊封為親王,不是一件理所當然的事嗎?

那為什麼在這之前,虎視眈眈的人會變多?甚至對已知的稱呼都要格外小心?

「對了,你要吃這個嗎?」

無視陷入苦惱的韓常瑮,李鹿突然從睡衣的口袋裡拿出了某樣東西,而韓常瑮急忙接下的,是被包覆在紗布裡的藥果。

不知道這是否才剛出爐,這個藥果還熱呼呼的,甜甜的香氣也輕輕地飄散了出來。

「這是我在來的路上,從御膳房裡偷拿出來的,小心別讓來往的宮人們發現。」

「這、這是要給我的嗎?」

「對啊,其實我很喜歡藥果……不過還是讓給你吧,你要多吃點,才能長高啊。」

是因為到剛才為止,都一直拿著藥果的關係嗎?就像那甜蜜的溫度一樣,李鹿溫暖的手將韓常璟的瀏海撥到了耳後。

「吃完後要好好刷完牙再睡覺喔，知道了嗎？」

雖然很突然……韓常璟睜大雙眼，因為這個溫暖又陌生的接觸方式而感到驚慌。

李鹿將自己的上半身稍微壓低，好讓兩人的視線能夠對齊。

但韓常璟似乎在擔心那比自己還大的身軀，是否會對自己帶來威脅。

「……是。」

「那晚安囉，明天見。」

據韓常璟所知，李鹿今年的年齡是二十三歲，也才大自己三歲而已，但自己卻被他當作小孩子，這個感覺有點奇怪。

但是……把自己看得如此年輕的那對眼神和嗓音卻令人心癢難耐……第一次感受到的這種微妙感其實也不差。

「那、那我現在……可以走了嗎？」

也許是韓常璟猶豫不前地向旁邊移動的樣子很像花蟹走路，那模樣可笑到讓李鹿彎腰大笑。

「那當然。」

他似乎也說了晚安……但韓常璟卻沉醉在那不知要停下的爽朗笑聲，而錯過了那句晚安。不過那被笑聲埋沒，像是被壓抑的嗓音……對他來說似乎是他至今聽過的所有話語中，最動人心弦的一句話。

「是……晚安……那明天見……」

韓常琛用手背擦了擦嘴角，並呆呆地退下了，雖然在他轉動半個身體後，有突然想起不能直接背對著皇室成員。但是現在開始談禮儀，似乎也有點晚了。

對了，這種時候該怎麼回應？謝主隆恩？似乎不是這麼說的……那該說什麼？說晚安嗎？

韓常琛小心翼翼移動著步伐，壓抑不住自己的好奇心，便站在後面偷看著李鹿，一開始只是用不會被人發現的輕輕一瞥，但是後來卻變成明顯到當事人都不得不察覺的直視眼神。

韓常琛隨後才察覺到他的行為很可笑，狠狠地拍了自己的額頭，並繼續往前走。

甜美的笑聲、搖曳的章服衣袖，以及那如寶石閃爍般的黑色菸斗……那溫柔垂下的柳樹枝條與在李鹿身後綻放的彎月，就像童話故事中場景。

沒錯，童話。李鹿看起來就像是從非常美麗動人的童話故事中走出來，宛如王子一般的存在。

童話故事中的王子……

雖然知道用童話故事的王子來形容真正的皇子殿下，這是個非常老掉牙的修飾語，但除了這句話之外，韓常璟再也想不到其他形容詞了。

「若是讓宮人們知道您不僅悄悄回宮，甚至還大口大口地在寢殿抽菸，我想他們大概是不會放過您的。」

守著後方的鄭尙醞表情變得不是很好。

何止是宮人們，元德院的人一定會質問李鹿是不是想以皇子的身分公然毀損文化遺產，並引起一陣喧嘩。當然，他們哪敢直接對李鹿那樣，想當然爾，他們會將氣出在好欺負的鄭尙醞身上。

「但門是開著的耶，這有什麼關係？」

李鹿將上衣解開，一副像是不良之輩的樣子坐在欄杆上，並且老神在在地吐了一口長長的煙。

「唉，我乾脆死了還比較好……」

「鄭尙醞，你剛才說什麼？」

「是是是，我說這一切都是我的業報，小的該死。」

雖然鄭尚醞因為李鹿的無理取鬧而感到不悅，但現在終於回歸到原本的樣子，所以他也決定忍下來。

畢竟服役是身為皇族的李鹿該執行的義務，但作為直屬祕書，鄭尚醞也度過了一段辛苦的時光。

不過他還是一邊忍耐，期待著李鹿退伍並開始海外巡防活動時，自己就能嘗到甜頭。但是不知道為什麼，比起服役，這名為海外巡防，看不見盡頭的服務活動反而更辛苦。

雖然這其中有很多感到充實的瞬間，這確實也算是一件好事，但他還是想輕鬆地睡在溫暖的房裡、吃著米飯和泡菜湯。

「請稍等，殿下。您該不會連記者會都不打算召開吧？」

「要啊，大家應該都在等這一天吧？」

也許是李鹿已經開始為這件事感到頭痛，他緊閉了雙眼後又再次睜開，他現在也只有二十三歲，正處於會徹夜暢飲，又或是夜晚在外四處遊蕩，十分不懂事的年紀。

但光是看著李鹿的雙眼，就會覺得他好像是一名已經活了好幾輩子，充滿深度的人。

雖然不是自己生的，但只要看著開始擺脫稚氣的他，仍會露出一絲笑容。另一方面，看著那與年齡不符的眼神，也會為他感到一絲不捨與可憐，畢竟這樣的人生，也不是他自願的。

大眾的不滿也不全是錯的，皇室成員在獨立運動時立下了豐功偉業，在這失去光芒的時代甚至奉獻出私有財產，以及守護文化遺產的功勞也是不可否認的事實。

主張要廢除皇室的人們並沒有連這個部分都一起否認。他們只是質疑，像皇室這種若是不投胎得好，就根本得不到的地位，怎麼能存在於現今世代？

當然，擁有這種觀點的也並不是只有韓國。

自李鹿懂得越來越多，就三不五時地對鄭尚醞碎碎念。

很快地這個國家的皇室也會消失，如果是我，我也會因為覺得委屈而反抗，這個皇室還能再延續三代嗎？

每當李鹿這麼說時，鄭尚醞都會嚴肅地表示「這話若是被史官聽到該怎麼辦」？但心裡卻心疼地希望李鹿可以不要受到那樣的指責。

李鹿又不是自願作為 Alpha 基因擁有者而出生的，一想到未來一輩子都得被特殊體質相關的醜聞纏身的年輕皇子殿下，鄭尚醞無奈地憂鬱了起來。

「幹麼又那樣盯著我看？」

「我哪有。」

「不用可憐我，就算你從朝鮮時代開始做事，然後不吃不喝地把錢存起來，跟我手中的錢財相比，還是只有一點點而已。」

「您還是別說話了吧。」

「還有啊，你知道嗎？你每次這樣盯著我看的時候，看起來像是變態耶。」

「殿下！」

「所以啊，我的意思是，不要用那種憂鬱的眼神盯著人看。」

鄭尚醞咋了咋舌頭，拿出工作用的手機。

明明是因為無話可說、無事可做這才拿出手機，但是仔細想想卻覺得很奇怪。照理來說，現在外面應該要因為那如梁上君子般，悄悄入宮的皇子殿下而鬧成一團才對，但是至今為止卻依然風平浪靜。這真是……到底是該稱讚皇宮的保全嚴謹得如銅牆鐵壁，還是該指責他們連人回來了都不曉得的鬆懈紀律呢？

「對了，明天的記者會是幾點？」

「下午一點，但是因為您還要前去請安，所以九點之前要到首爾。」

「早上九點？這麼晚請安？」

「沒辦法，負責拍攝影片的人說那時才能進宮。」

「嗯……」

雖然鄭尚醞故意不告訴李鹿，但是春秋館的負責人們會突然熬夜折騰的主因，都多虧了得知李鹿歸國而胡鬧的太子。

他突然在半夜時分吵鬧表示，要在北漢山來一段與國民們對談的時光，還說一定要帶幾名負責人一同前去，搞得李鹿也只能改變行程。

「去景福宮的時候，會有媒體提問的環節嗎？」

「不會。」

那可是光是隨便拍張照片上傳，點擊數都能多於其他新聞幾十倍的話題人物所召開的記者會。而且這還是一宣布訂婚就像消失一樣，立即入伍服役，又有如執行作戰計畫般的出國，並又祕密歸國的皇子。

但再怎麼亂來，也不會比這場記者會還要扯。

「看來他們也因為我們不接受訪問而引發騷動了吧？」

「嗯，但這也不是一兩次了，反正他們也知道，報告海外巡防相關內容時，會有現場提問環節。」

「你每次看見的時候，都不會覺得這個很神奇嗎？他們就算知情，還是會裝作不知道，隨即就氣得臉紅脖子粗。」

「就是說啊，那些傢伙根本就不該當記者，應該去當演員的……」

李鹿要解決的課題實在是太多了。

從巡防工作結束時開始，就有很多人表示現在還不是親王的皇子，住在外面是否妥當？接著是對李鹿那即將迎娶男性Omega作為妃子的大膽行徑給予斥責。

真不曉得大家到底是如何想……之前還在吵說性向不正常的皇子不論是男人女人都能發生關係，現在就算乖乖地表示只會和Omega在一起，他們也還是能做出如此具有創意的鬧劇。

到了這個地步，感覺記者們的報導也不是基於正當的批判為目的，他們只是一些喜歡看熱鬧、把爭吵當有趣，一天到晚抓人把柄並咬著不放的人罷了。

但可惜的是，李鹿處於一個無法爽快地對那些人回嘴的位子。

「對了，我見到那孩子了。」

「那孩子？那個誰……啊！您是指韓常璟帶來的人？」

鄭尚醞趕緊翻閱被他遺忘的寄宿者資料。上面寫著他是在因身體虛弱，所以從小連學校也沒能去的小少爺身邊一起學習、一起長大的朋友。

表面上說是朋友兼青梅竹馬，但其實只不過是接收那既敏感又多病的少爺，所表現出的刁蠻行為的情感垃圾桶罷了。

「您是指金哲秀吧？」

「……什麼？」

「金哲秀啊。」

「金……哲秀？」

李鹿輕輕地摸了摸下巴，彷彿在思考著當時那孩子是否真得是叫這個名字。

「但是，他跟我說他的名字是韓耶。」

「嗯……在家裡用的稱呼，也有可能會有所不同，既然他們從小就生活在一起，搞不好韓代表給了他韓的姓氏啊。」

「嗯……就當作是那樣吧。不過他真的是個孩子耶，嚇了我一跳。」

「二十歲當然是個孩子囉。」

「不，我不是指年齡……」

李鹿本想跟鄭尙醞解釋什麼，轉過身面對鄭尙醞時，他卻坐了下來，一副是不想說了似的咋了咋舌，並開始抽起了菸。

「管他是金哲秀還是韓，你是不是還有什麼事情故意漏掉沒向我報告？」

「呃？漏掉？您這是在問我嗎？」

鄭尙醞那憐憫地看著李鹿的眼神，瞬間就變得尖銳了起來，這該不會是在懷疑自己吧？

「天啊，您是在懷疑我故意沒與您報告某些事情嗎？」

「啊，我不是那個意思，只是我今天看到那孩子的狀態……嗯……我想說你是不是怕我嚇到，所以才會故意不告訴我的。」

「呃？嚇到？那孩子的狀態有這麼糟？」

「嗯，非常糟。」

「雖然我的確有聽說過他在柳永殿過得不是很好，但是我也聽說他的情況並沒有嚴重到要特別向您報告。而且您也知道的呀！現在因為韓常璟的關係，宮人們都忙得不可開交。」

李鹿很清楚地知道，那位有問題的訂婚對象會帶著各種不同的人進宮，做出亂七八糟的事情。

最初是因為對他感到抱歉、覺得他很可憐，所以才會透過詩經院，想辦法送他各種禮物。但是在明白對方並不是一名讓自己有必要那麼做的人之後，李鹿很久沒有為他做過什麼了。

儘管如此，因為對方身後有一名有錢爸爸在，所以他也不會感到可惜。

嗯……就算訂婚對象揮霍無度的是自己父親的錢。

但現在的問題是，他絲毫不看他人臉色地直接把人帶入宮裡，是因為最初約定好的時間快結束了嗎？

那傢伙要說活得隨便，那也太隨便了。他那種作為之所以沒有外流出去，只因為支持李鹿的力量還不夠多，除非做到超出某種限度之後，才有可能被人嚼舌根，說自己與李鹿在連花宮裡怎樣怎樣的……嗯，也許這連所多瑪與蛾摩拉都不及這種程度呢。

當事情一旦傳出，或許會出現同情李鹿，覺得他很可憐的聲音。總之，反皇室的企業和太子，以及從趙東製藥得到各種好處的媒體們，目前似乎還未放出任何相關消息。

當然，現在也不能保證那些傢伙在之後會不會繼續緘口不言。

比起自己的兒子，趙東製藥最終還是會想對李鹿追究責任。而那些如蝙蝠般狡猾的媒體更是不在話下，隨時只要因為不順心，那些緊咬著他，把一切問題搞得像是李鹿的錯的人，可是多到要排隊呢。

「怎麼了嗎？」

「嗯……那位叫韓的孩子，似乎不是韓常璟的玩伴。感覺是以別種用途，被留在趙東製藥的。」

「嗯？其他用途……」

「他不管怎麼看都不是Omega，但是卻疑似故意誘導他顯現出Omega的反應。」

「嗯？這是可行的嗎？」

李鹿想起了與金哲秀……嗯，與韓初次相遇的時候，當時全身神經被一一挑動的感覺，是李鹿過去從未經歷過的。

「而且他還持有貼著特殊體質相關標籤的試劑瓶。」

「那難道不是韓常環的東西嗎？」

「不是，從他一開始從住處出來時，手上就握著空瓶了。但因為他被韓常環拖走，所以我才能撿到從他手中掉出的試劑瓶。而他從廂房出來後，我就看到他緊張兮兮地尋找那個掉落的試劑瓶，甚至還不停地發抖，像是沒找到就會發生大事一樣。」

「呃……但這像話嗎？誘導普通人產生像是特殊體質擁有者的生物反應？而且還是在製藥公司？」

鄭尚醞反駁後，臉色黯淡了下來，他似乎也想到了幾個可能性，但不論是什麼樣的方向，都不會往正常的理由靠攏。

「還、還是說……他們是想擬定若是韓常環被誘拐，就有立即應對的對策？」

「那的確算是個不錯的藉口，雖然這依然是一件恐怖的事情。不過奇怪的是……」

李鹿像是難以說明似的，用舌尖輕敲著上顎，並嘆了口氣。

「那個小鬼的身體真的散發著那種感覺。明明就不是Omega……但卻像Omega一樣，我的意思是，他看起來就像是沒有吃抑制劑，暴露在Alpha面前的Omega。」

「身體散發著氣息？」

「對啊，就……他很明顯地不是Omega。但是我覺得，只要遇到沒有吃抑制劑的Omega，就會是那種感覺，雖然不是非常強烈的，但感覺也非常像是人造的……」

這時，只覺得對方應該是韓常璟罪行的擋箭牌、血液供給人的鄭尚醞開了口。

「呃……就算是自己小兒子的備胎好了……但也沒有必要讓他連在日常生活中，都表現出Omega的那種反應吧？」

「是啊，所以我才說奇怪啊。」

李鹿尚未經歷過發情期，不論是Alpha的發情期或是Omega的發情期，依據國立國語教育院的說法就是交配期和受精期。

總之，經歷過那種時期的人屈指可數。因為在從小開始的定期檢查裡，只要被發現是特殊體質，就得義務性地服用藥物和接受檢查。

雖然偶爾也會有某些想看看藝術畫面的傢伙，讓拒絕用藥並接受本能的Alpha和Omega出現在電視上，但每到這種時候，就會受到特殊體質持有者的強烈反對。

不要服用抑制劑？本能？那都不是Alpha及Omega想要的，他們又不是禽獸，有誰會想讓別人看到自己那若是不做愛就會發狂的樣子。

但是真正持有特殊體質因子的李鹿，根本沒想到會遇見身體狀態近乎全毀的普通人……

趙東製藥為什麼要讓那樣的人跟在韓常璟身邊？不對，根本就想不到他們會以什麼樣的目的，對一個普通人做那種事情。

那孩子知道自己身體的狀況嗎？李鹿為此擔心了起來。

「還是他是用來滿足韓常環那特殊的性欲……」

鄭尙醞一邊看著李鹿的臉色，一邊小心翼翼地提出了新的假設。

「不，韓常環不是Omega嗎？我都感到如此震驚了，同樣身為Omega，若感受到如此人工製造的Omega，一定會出現排斥反應。」

「難道說韓常環其實是Alpha？」

「不，這絕對不可能。」

李鹿想起了這次巡防途中遇見擁有Alpha體質的人時，自己所感受到的奇妙抗拒感。

雖然對方表示自己不曾忘記吃下任何一次抑制劑，但是當李鹿一見到對方時，生理本能的反抗仍向他席捲而來，甚至之後沒有親自面對對方，光是到了對方曾待過的地方，都會覺得噁心。

相反的，那些見過幾次的Omega……卻沒有什麼特別之處。

要是對方沒有主動告知，李鹿根本不會發現。也對，他就是為此才會吞下那些抑制這該死的荷爾蒙的毒藥。

「如果是以防萬一……應該沒有聽說韓常環對那孩子做了什麼不好的事吧？」

「是的，目前還沒有收到這樣的報告。」

「你再去打聽一下，現在的情況非常奇怪。」

一開始，當他穿著校服，從韓常璟的寢殿裡出來時，李鹿還真的以為他是學生，想說這麼年幼的孩子還要進宮，也真辛苦。

但是偷偷抓住他的時候，那宛如火花四濺般的酥麻指尖，和風中傳來的潤滑劑特有的氣味，讓李鹿馬上明白似乎有些不對勁。

在細心安排的燈籠與映照於湖水上的月光之下，李鹿馬上就知道那孩子穿著校服的目的是有其他理由。

衣服和褲子緊貼著被汗水浸溼的身體，以及那被撕碎的東西一看就知道是睡衣。

是啊……他一開始是穿著那身睡衣被柳永殿的那個流氓拖走的。

「也許是韓常璟帶了各式各樣的人進宮做骯髒事，所以才會不知道那孩子的狀況。又因為那孩子是從趙東製藥過來的，就算待在韓常璟身邊，大家也覺得無所謂，再加上他又無事可做，這才讓人不覺得他很重要。」

「這……確實如此，等天亮了之後，我再去調查看看。」

「要小心一點，知道嗎？」

「那當然，正好我聽申尚宮說過，她覺得那孩子太可憐，還特別照顧他呢，我會透過申尚宮打聽情報。」

「別怪申尚宮，誰想像得到韓常璟會對那孩子做什麼事。」

「我知道了。」

李鹿將燒完的菸灰往窗外倒，並嘎吱嘎吱地咬著菸嘴，鄭尙醞像是要李鹿聽見似的大嘆了一口氣，但李鹿仍裝作沒聽見。

雖然令人感到煩悶……但就算親口問那孩子，也不會得到正確答案。

既然從小就在趙東製藥與韓常璟一同長大，那不論韓常璟做了什麼事，他很明顯地都會守口如瓶。

想著他那如剛出生的小鹿般顫抖著的步伐，與對自己時，一邊發著抖一邊回應時的樣子而露出滿意微笑的無辜表情，李鹿的心裡有點不舒服。

「他們帶那孩子進來，到底想要做什麼？」

Omega。

冒牌貨。

發情期。

趙東製藥……

幾個關鍵字在李鹿的腦海裡不斷盤旋。

「啊，尙醞。」

「是。」

「那孩子啊……」

「您是說金哲秀嗎？」

「……韓。」

「那是他告訴您的名字，但在檔案上寫的是金哲秀。」

「唉，叫金哲秀有點那個啊！」

「嗯？叫金哲秀又怎麼樣了？春秋館這次新進的人員叫朴哲秀，他也很年輕呢。」

「不，我不是那個意思……」

「殿下，身為皇子的您，不論是金哲秀還是金英熙，您可不能因名字而對別人有所偏見，他的名字也不是叫什麼金笨蛋之類的啊，您幹麼如此執著？」

「就說不是那個意思了嘛！」

李鹿一副像是煩悶到想要大吼，但還是搖了搖頭，大大地嘆一口氣。

鄭尚醞說的並沒有錯，他也是有可能真的叫金哲秀啊，而李鹿自己也很明白，自己不也是其中一個因受眾多偏見而感到痛苦的人嗎？

「我知道了、知道了！話說那孩子的食物是誰負責的？」

「嗯……既然是住在宮裡，那自然會是御膳房囉？」

「應該是吧？」

「唉，韓常璟應該不會連飯都不給他吃吧？大家活著不就是為了吃飯嗎？」

「那他為什麼長得那麼小隻？」

鄭尙醞迅速確認剛才稍微看過一眼的檔案。

金哲秀，今年二十歲，身高一七六……

「嗯？依照您的說法，我還以為是什麼拇指王子呢。但這種程度應該不算矮啊！現在搞不好還更高呢，您請看，這裡的紀錄顯示他一直都有一點一點地在長高。」

「什麼？他的身高有一百七十六公分？但我真的覺得他連一七〇都不到啊。」

李鹿瞇起雙眼，用手在空中比了比，自言自語地說著「這樣……不對，差不多是這樣？」

以李鹿估算的高度來算，別說是一百七十六公分了，感覺根本連一百六十公分都還不到。

「您本來就高壯魁梧，也是有可能從您的視角去看，覺得他看起來更小啊。」

「是嗎？」

「而且您當完兵之後，不是又長高了嗎？肩膀也更寬了……」

鄭尙醞一副羨慕似的揶揄著李鹿。

李鹿的臉跟一般人比起來確實還要小許多，那雙長腿也比看起來的還要更長，而要說他魁梧……不如說他就像是其他種族似的，有著非現實的身材比例及臉蛋。

「嗯……看著他的體重，確實挺瘦小的。」

「對啊，整個身體小小的。對了，我明晚也跟他約好要偷偷見面，別派人在青玉橋附近看守。」

「我知道了。」

「嗯……我今天偷偷回來，若馬上就說從明天起要擺酒桌的話，朴尚宮一定不會答應吧？」

「如果是想跟他喝一杯的話，比起青玉橋，山月閣或是李恩殿應該比較好吧？」

「不是啦，我只是想多讓他吃點什麼。」

看著李鹿嘀咕表示對方看起來真的很瘦小，鄭尚醞用食指揉了揉鼻尖，奇怪……把一個一七六公分的二十歲男人看做一個鼻屎般的精靈，還一直要說要拿東西給今天初次見面的人，在意對方有沒有好好吃飯……這感覺真是不對勁，這根本就是戀愛的感覺嘛！

老是想著對方、想讓對方吃好吃的，這不就是戀愛嗎？

「殿下，我是以防萬一才這麼說的喔……」

還好回頭看過來的李鹿，表情跟平常沒什麼兩樣。

鄭尚醞本來還在猶豫自己是不是太多嘴了，還是覺得應該要在一開始就把事情搞清楚比較好，便猶豫地開口。

「那個……您該不會是看上金哲秀了吧？」

「什麼？你在說什麼鬼話啊？」

「就是韓常環帶來的那孩子啊，他是趙東製藥的人。」

「這我也知道啊。」

「我並不是要干涉您，明明您已經有了訂婚對象，為什麼還要心向他人？韓常環現在就將宮裡搞得一團亂，若是殿下也心向他人，我是認為沒有必要隱瞞。不過，儘管您再怎麼喜歡他……還是不可以和預計解除婚約的韓常環家人交往。絕對不可以，懂嗎？」

面對那句隱藏著乾脆喜歡訂婚對象，事情還能比較輕易解決的話語。

李鹿沉默了好一陣子，沒有承認也沒有否認，只是將細小的菸草塞入了菸筒。

Whispers Through the Willows

第03章

上班族的匿名論壇，Bamboo NET—與職務與資歷相關的一切！

公務員＞皇室＞詩經院＞Q&A

我好像會被分配到詩經院。〔|||〕

除此之外，好像會隸屬於傳說中的那位旗下……

這份工作如何呢？

我已經在內廳的某個部門工作第五年了，

我知道要做過儀式相關的工作才能升遷，不過說真的，我很擔心工作內容的強度。

而且只要一經決定，以後就很難再更動了。

Tag：詩經院直屬祕書

回覆（|||）

呃？傳說中的那位是指ㄉㄉ？他怎麼可能會找新的直屬部下？

「對啊，VIP負責人是絕對不會公開徵人的啊？？何況以ㄉㄉ的情況來說，應該會更小心吧……

「嗯嗯，他是ㄚㄦㄈ也是個問題，現在連訂婚對象的問題也都複雜地糾結在一起了ㄎㄎㄎ

「難道不是已經都解決了嗎？既然巡防已經結束了，那他應該就會馬上成為親王，這不就代表快要舉行國婚了嗎？

「ＮＯＮＯ，勤禮院和那些提著瓦斯桶的老頭們不是每天都在吵嗎？明明是個男人，怎麼可以叫他王妃，而且更重要的是，連服裝和規範都沒有……一切眞的都得重新開始，所以現在跟ㄌㄌ相關的部門都不可以去，我保證！在國婚結束之前絕對都沒辦法準時下班

「媽的，既然不管怎樣都要加班的話，就叫他們快點結婚啊，這樣不就會連續五年都把國婚日訂爲臨時公休日了嗎？

「ＮＯＮＯ，親王是三年啦，蠢貨，這個叫皇室公務員的傢伙眞是一點常識都沒有，雖然不是直屬的，但ㄌㄌ還是高中生的時候，我就會去支援過幾次，他的個性又好又直爽ｚｚｚ也許是因爲周邊商品的銷量不錯吧ㄎㄎ又或是零用錢很多，他常給我們紅包，也很常請我們吃東西，我覺得他是個好人，但是ＶＩＰ儀式的相關工作眞的是超級無敵累的，所以你要想清楚，這我等一下就會刪掉囉

「對啊對啊，當個三年的啞巴啦，只要忍耐三年，就有很高的機率可以被派去想去的部門或海外研修，特別津貼也是不可忽視的部分ㄎㄎ不過缺點是若ＶＩＰ想要的話，你就任何地方都ㄎ去不了ㄎㄎ

「對啊啊啊啊啊，ㄌㄌ個性好不好根本就不是問題，是這個工作很……我在實錄書庫工

作的時候，會有機會可以去做儀式相關的工作，但聽前輩說那工作累到像是要把活生生的人背在身上走一樣，必須一直照顧他們，所以我就放棄了ㄎㄎ嗯，如果是像御膳房之類的地方，狀況可能會有所不同，但如果是一般辦公職的話，你還是好好想清楚吧，得與失實在是非常明顯ㄎㄎ

「該回覆因遭檢舉而被刪除。

「該回覆因遭檢舉而被刪除。

該回覆因遭檢舉而被刪除。

什麼啊？上面的回覆爲什麼被砍了？

「他寫了有關ㄏㄔㄌ的事，但是內容太色情了。

「什麼什麼？

「就是因爲不能說才被砍的，你幹麼又問

「別再消費這些連是不是眞相都不清楚的消息了，我本來還不覺得有什麼的，但每次看到這種情況，都覺得ㄌㄌ他媽的超可憐，根本就是出氣包。

▽查看所有留言△

韓常瑑在湖水旁邊蹲下，然後又站了起來，反反覆覆了好幾次，雖然覺得這樣的自己有點恍惚，但是他的心就是難以平靜。

不管怎麼說，李韓碩所待的別墅就在這附近，讓他不禁擔心，若是被李韓碩發現了，那該怎麼辦……但如果因為自己的躲藏，而讓李鹿找不到自己的話，那又該怎麼辦？

其實現在比上次遇到李鹿的時間還早了一個小時。不，其實……韓常瑑早在三四個小時前，就已經做好了外出的準備了，雖然距離住處只有二百公尺的距離，但外出就是外出。

一切的準備都很完美，今天要吃的藥也已經全數乖乖服下，公司命令要使用的道具也用了，藥瓶也好好地處理掉，甚至也已經乾淨地洗過澡，並穿上了自己擁有的衣服中，最乾淨整齊的衣服。

既然上次讓李鹿看見那不像樣的校服裝扮，這次哪怕只有一點點，韓常瑑也想要將自己好的一面展現給李鹿看。

韓常瑑最後用手指梳了梳頭髮，然後看了看時鐘。

令人無法相信的是，一切都準備好的此時此刻，竟然還只是中午。也許是因為覺得有點不開心，所以便將申尚宮送的書全部看完了，因為害怕會在殿下面前犯錯，甚至連皇室的規範摘要也都斷斷續續地讀過了。隨即再次看向時鐘……卻發現這才過了四十分鐘而已。

雖然韓常環第一次與人相約，讓他感到既興奮又開心。

但是在約定的時間到來前的每一分一秒，彷彿度秒如年，這令他感到十分痛苦。因為害怕又像上次一樣，中途被李韓碩拖走，本來想看準時間出門的，但是屁股實在是坐不太住。

雖然不明白自己為什麼會如此躁動，但是很明顯的是……這一切對自己來說都是第一次。這輩子第一次與別人有約，雖然約定的地點就離自己的住處不遠，還是在同個宮內見面……但心裡激動的感覺是千真萬確的。

好在今天的天氣比昨天還要好。是有多好呢？儘管天色昏暗，依然能看得見雲朵飄盪的模樣。韓常環現在才知道，就算天黑了，還是能區分天氣的好與壞。

這些日子以來，他不僅不怎麼關注天氣狀況，也因為沒什麼事情要外出，自然也不會在意這些，也完全沒有感受舒爽的夜晚涼風包圍著身體的機會。

啊……又多了一件回去之後不想忘記的事情了。

韓常環的心情變得有些感性，也許他感到一絲的難為情，就用鞋子的前端踢了踢地板。

「喔？你來得很早嘛！」

「啊……」

李鹿穿過那被美麗打造的盆栽，朝著韓常瑮的方向大步而來。他就像昨天一樣，突然其來的登場。

「您……您來啦……」

「等很久了嗎？」

天啊，根本想不起來遇到上位者時該怎麼打招呼，又說出了傻瓜般的話了。雖然李鹿似乎不怎麼在意……

「不，沒有，反正我也無事可做……」

韓常瑮裝作要用肩膀擦臉，再次確認自己身上是否有散發出令人不悅的味道。雖然對此感到不安，但是他先前使用香氣宜人的沐浴乳，反覆地洗了好幾次，甚至洗澡洗到皮膚都有點乾了，這才罷休。

所以他現在身上的氣味似乎還算可以。

昨天韓常瑮回到住處，這才發現自己身上充滿了黏糊糊的汗水氣味，以及好似精液的味道。

他為此感到丟臉而直跺腳，他不想讓這名原本就因為藥物而覺得自己很奇怪的人，對他產生新的骯髒印象。

「嗯……那我們就坐在那邊好了。」

「啊，是……」

李鹿以長腿和快速的步伐立刻向前幾步，攤開自己帶來的涼蓆。

那是個能正面欣賞到雕有精細花紋的白橋的好位子。

韓常瑮至今仍感受不到真實感，李鹿今天也像昨天一樣突然出現，而且也依舊如童話故事裡的王子般閃閃發亮。

李鹿以不以為意的表情，撕裂了韓常瑮那小小的世界，而最奇怪的是，他竟然不討厭那股恐怖的破壞力。

「我今天的事情有點多，還舉辦了記者會……在被叫去首爾的途中，也聽了不少碎念。」

將某個用藍色包袱包裹住的東西放下後，李鹿疲倦似的左右扭了扭脖子。

啊……還在想說他看起來跟昨天有點不一樣，原來李鹿穿的是舒適的運動服，但也許是因為只換了衣服，立即跑來赴約，他的頭髮仍是梳理得乾淨整齊的狀態。

那顯露出來的額頭和鼻尖，以及一路延伸到下巴的臉部線條，漂亮得令人讚嘆。

韓常瑮不自覺地呆望起李鹿那張帥氣的臉。

「就算我長得再怎麼好看……」

在那無法忽視的視線下，李鹿誇張地乾咳了幾聲。

「你盯得這麼仔細，我會有點害羞耶。」

「啊，呃……不……」

韓常瑮猛地抖了抖肩膀，並將屁股往後移動。

「啊……那是因為……您的髮型跟昨天不太一樣……抱歉。」

「哎呀，真是難為情，我只不過是看你可愛，所以逗著你玩的。」

可、可愛？

韓常瑮對這個打從出生以來，第一次聽到的話語感到陌生。他恭順地將雙手靠在腹部，不停地反覆著這個詞彙。

可愛？那是書中用來形容小動物的單字耶，如果不是用來形容動物，任誰看了都知道是用來形容那種受人寵愛的人啊！他完全沒想到會從別人那裡聽到這種了不起的稱讚，而且那還是李鹿所說的。

「你吃過晚餐了嗎？」

「啊，是。」

「吃了什麼？」

「嗯……飯……還有各種配菜……還有湯和熱麥茶。」

不曉得是不是因為這答案並非李鹿所期望的答案，李鹿輕輕地皺起了眉頭。

不過除此之外，韓常環也想不到其他能回的話了。

其實那對韓常環而言已經是非常豐盛的一餐了，但李鹿看起來似乎不是很滿意。韓常環不禁想著，是不是自己的敘述太過單調了？還是自己看起來像是一名不知分寸地挑剔伙食的人？

「你平常會吃零食嗎？」

「會呀，中尚宮會給我很多零食。啊，您昨天給我的藥果也很好吃。」

李鹿再怎麼說都是這座宮的主人，害怕在他耳裡聽起來會像是在表示他對於御膳房的管理有所疏忽，韓常環用盡自己所知道的詞彙，努力稱讚昨天收到的藥果。

「藥果很溫熱，一咬下去就散發著非常香甜的滋味，嗯……而且也軟綿綿的……」

雖然不知道「軟綿綿」一詞是否能使用在這種時候，但既然每次去御膳房時，常會聽到宮人們說這個詞，那應該就不會是什麼不好的詞。

「……謝謝您，真的很好吃。」

韓常環將滿是冷汗的手往褲子上擦。

太好了，至少還能用豐富的表現，對他表示自己的謝意……

「嗯……若是這樣就太好了。」

也許是因為自己的表現方式並不奇怪，所以李鹿沒有多說些什麼，就直接帶過了話題，嘴角甚至還稍微揚起笑了笑。

也許李鹿本來就是一名親切的人，當韓常璟看著李鹿因為自己的話語而綻放笑容時，韓常璟的心情也會跟著好起來。

其實今天在他見到李鹿之前，就會因為想要見李鹿，心情感到相當愉悅。

「你也吃吃看這個吧。」

李鹿從包袱裡拿出了三個餐盒，雖然尺寸不大，但也許是裡面密密麻麻地塞滿了各種食物的關係，若要計算種類的話，似乎也不少。

不曉得是不是因為是剛煎好的，那被蛋液均勻包覆著的肉餅仍冒著熱氣，一口就能吃下的三色肉串及拇指大小的餃子以及炸雞塊，全部都溫熱得恰到好處。

圓圓的糰子和嵌有無花果的蒸糕及栗子糕、高粱煎餅，以及包覆著蜂蜜，好似大棗的零食也被滿滿地裝在餐盒裡。

「嗯……雖然很漂亮……可是我已經吃過晚餐了耶。」

「啊，你很飽嗎？吃不下了嗎？」

在李鹿用那擔心的表情一問之下，韓常璟仔細想想，好像也不是那麼飽。

「不是，但總之我已經吃過晚餐了……」

「天啊，你該不會是在減肥吧？」

「嗯？減肥？」

「你是故意不吃消夜的嗎？但你昨天不是吃了我給你的藥果嗎？」

「因為那個小小的啊……而且都已經吃過晚餐了，為什麼又要吃消夜？」

雖然眼前的食物很香、看起來也很美味，但這種程度的餐點根本就是一餐正餐了吧？

啊啊，看來他忙到連一餐飯都吃不了……本來韓常璟正要覺得自己有點心疼李鹿，但他卻反而用一副驚訝的表情看著自己。

「不不不，不可以，減什麼肥啊？把這些全吃了。」

「不、不了，您看起來很餓……您請吃吧，我沒關係。」

還想說有股熟悉的被照顧感……這感覺就像那每次看到自己，都想給點什麼的申尚宮一樣。

原來這是跟主人學的，所以申尚宮才會對自己如此關愛啊……這麼一想，就覺得這個地方給人的感覺似乎更好了一點。

「不，等等，你剛剛問，為什麼要吃消夜……」

與韓常璟那天真單純的想法不同，李鹿的表情逐漸嚴肅了起來。

「你的問題是認真的嗎？至今為止，都沒有人說要約你去吃什麼嗎？嗯……像是炸雞啊，不然就是披薩啊……之類的。」

「嗯……對……因為……晚上要睡覺呀。」

話還沒說完，韓常瑮就因李鹿驚訝似的張著嘴，望著自己而破了音。

韓常瑮忘記不久之前，對自己的回覆感到心滿意足的事，靜靜地觀察著李鹿的臉色，他知道自己所擁有的常識跟一般人的標準有些不同。

但到目前為止自己所說的話裡，應該沒有任何令人難以理解的詞句吧……到底是從哪裡開始出問題了呢？

「……韓伊。」

「是。」

「我啊……嗯……我並不是因為想挖取趙東製藥的機密，才纏著你問這種事情的。這你應該知道吧？我是這個國家的皇子，我若是需要，這個世上沒有任何情報是我打聽不到的，所以我完全沒有理由，為了打聽情報而對你耍小動作。」

「嗯……是，那當然，這個我很清楚。」

「嗯，基於這樣的理由，我問你這些問題，並不是出於私心，真的只是想說是不是這樣……你在趙東製藥的時候，是過著什麼樣的生活？」

「什麼樣的……生活？」

面對這突如其來的問題，韓常瑮無法輕易地開口。

服用與Omega體質相關的藥物、參與實驗……除此之外，就沒做過其他的事。這些事情裡面，有任何能稱作生活的部分嗎？

韓常瑮做那些研究員們指定的運動、若是無聊就看看他們給的書，有時也會看看電視……他也會定期接受各式各樣的檢查。

雖然有那種像是數值反應檢查或是身體檢查的檢查，但有時候也得做全面性的檢查。例如在恐怖的氣氛下進行實驗，確認自己有沒有將韓代表指定的東西熟記起來……研究員們常說，若是韓常瑮變成傻子，他就沒有商品價值了。

所以他也要學習各領域的必要知識。

韓常瑮知道這樣的生活並不平凡，就連在學習像是「How are you」這種簡單的句子時，他也用盡全力地學習。

但學習Omega相關的實驗報告和論文，他卻能大致理解。這件事本身也是非常奇怪。

儘管李鹿的目的是出於善意，韓常瑮也無法把這種事告訴他，這也算是韓代表每天一直強調的事情，不論是誰，甚至就算是李韓碩本人，絕對不可以將實驗的事說出去。

雖然很想報答那人生中第一次邀請自己一同在夜晚散步的他，但不可以的事就是不可以。

「嗯……抱歉，這……」

「啊，看來這問題的範圍似乎太大了，嗯……若回到剛才的消夜話題……你不是說你至今為止都跟韓常瑮一起生活嗎？在趙東製藥的韓代表家裡。」

「對。」

「那你從以前到現在，都沒有跟那裡的人一起吃零食什麼的嗎？」

「對……」

「啊啊，那麼，你在那裡都是依照大人們安排的時間表過生活的囉？像是吃東西的時間和睡覺時間。」

「對……」

嗯……這樣的回答應該可以吧？不算是過於違背手冊的問題與答案。

李鹿對於這樣的回答，也不像剛才那樣感到吃驚，既然他是一名寄人籬下的受氣包，看那些人的臉色，並照著大人所安排的行動也是理所當然。

「那你有參加過學力檢定考嗎？我聽說韓常瑮的基礎教育也是在家自學的。」

「不，我沒有考。」

「從你的話判斷，他們只有讓韓常瑮念書呢。」

與詢問自己各種問題時的表情不同，李鹿面無表情地以低沉到令人打冷顫的聲音說著。

明明不是在怪罪自己，但是韓常瑮卻嚇得蜷縮了起來。

「我們雖然聊的也不多，但是我只要看著你，就會覺得……該怎麼說呢？會覺得你就像一個程式碼出錯的機器人一樣。」

「出錯的……機器人？」

「啊，等等，我不是要怪你的意思喔，我不是指那種錯誤……呃呃，抱歉，我說話應該再輕柔一點的。但以我的個性來說，這有點困難，雖然我也說過很多次了，但是我對你說這些，並非抱持著惡意……啊！對了，你知道《愛麗絲夢遊仙境》吧？」

「嗯……我知道。」

愛麗絲夢遊仙境？其實韓常璟不太清楚那是什麼，好像在哪裡聽過，但是卻又想不起來到底是什麼。

也有可能是趙東製藥販售的兒童感冒藥的名字，但因為李鹿問得像是一副理所當然的樣子，所以韓常璟推測這應該是頗有名的東西，便不自覺地撒謊表示自己知道。

「只要跟你在一起，我總是會有一種落入夢遊仙境的感覺。」

「啊啊……」

韓常璟轉頭，假裝是在觀察那靜靜的湖水，心臟噗通噗通地跳著。除了韓代表為他編制的設定之外，這是他第一次自發性地撒謊，跟李鹿在一起經歷的第一次實在是太多了。

「你很可愛又很神奇，但也有點奇怪……而且也莫名地令人感到心疼。」

「嗯……這……這個意思是我很可憐嗎？」

「這個嘛……這麼說也不算錯……」

啊，這怎麼這麼難說明？

李鹿一副尷尬地嘀咕著，順手抓起小小的餃子，然後突然將手一伸，像是要撒給鴿子似的。

看起來這麼好吃，卻要讓給鳥吃？還真是善良……正當韓常璟這麼想的時候，那能感受到溫度的食物突然觸碰到自己的嘴唇。

「……啊呃呃？」

韓常璟因他人突如其來的動作而閉上的嘴巴，沒能吐出一句像樣的感嘆詞，只發出了一聲含糊的疑問。

「不喜歡嗎？」

不喜歡？

韓常璟快速地眨了眨眼睛，快到蜂鳥振翅的速度似乎都比他還要慢。面對突發狀況而被開啟的警示燈，在腦海裡嗡嗡嗡地瘋狂作響，這又是韓常璟人生中第一次經歷的事。又因為他過於慌張……所以也無法做出自己是喜歡還是討厭的判斷。

「你先吃吃看。」

李鹿用那細長的手指戳了戳食物，韓常琛的嘴巴就自動張了開來。

「很好。」

那尺寸比一口還小的餃子，就這麼進到了嘴裡……

而且他那厚實的指尖輕觸到了韓常琛的下唇和門牙，外表看起來只覺得既柔軟又漂亮，長在指甲下方那厚實的繭，卻讓韓常琛意外地嚇到了。

啊，對了，軍隊……沒錯，這個人當過兵，做過各種訓練也持過槍，所以手上才會長繭吧？

正當韓常琛還在胡思亂想之際，李鹿的手仍停留在韓常琛乾燥的嘴唇附近。

韓常琛見到他似乎沒有想把手移開的跡象，猶豫片刻，這才慢一拍地開始咀嚼，而李鹿這才迅速地收回手。

是錯覺嗎？他看起來也有點驚訝，難道是因為我看起來像是會吃掉他的手指？但我沒有這麼貪心啊……

韓常琛一邊想，一邊為了解開李鹿對自己在食欲方面的誤會，便盡可能安靜地、慢慢地吃掉了餃子。

「就算不會餓，人本來就還是會像這樣在晚上吃點什麼的，然後邊吃東西邊聊各種話題。」

「……為什麼？」

為了吞下食物，韓常璟慢了一拍才回答出來。

李鹿說了一句「這個嘛」，接著含糊其辭地提起了筷子，並在將垂涎三尺的肉餅分成兩半後呼呼地吹涼，然後又把肉餅往韓常璟的嘴邊送去，疑似陷入沉思的他，手的動作是既柔軟又溫柔。

「嗯……就……若光只是看著對方的臉說話，會覺得有點空虛？」

空虛……？雖然這話有點模糊不清，但這化在嘴裡的肉餅滋味實在是太令人驚豔，韓常璟錯失了回答的好時機。

「喔……呼，那個……唔……」

「先吃完再說話吧。」

李鹿一邊笑著，一邊打開水瓶的蓋子，一陣熱氣撲鼻而來，淡淡的柑橘香便散發了出來。

「好喝吧？雖然我沒有特別喜歡這個茶，但我總覺得你似乎會喜歡，所以就帶來了，你也喝喝看這個吧。」

韓常璟的兩頰全都塞滿了肉餅，點了好幾次的頭，再多說一句都是廢話。

這些明明算是平常常見的配菜，但不知為何味道卻比平常的還要好吃，是因為是在戶外吃的嗎？又或許是因為這是第一次吃消夜，所以才會有這種感覺，而這也是自己第一次，在吃東西的時候把注意力集中在氣氛，而不是味道上。

「……喔，這真的好好吃喔，可是……您就是因為這樣才會對我好的嗎？」

「嗯？」

「殿下您剛才說……看到我就會覺得心裡空虛，所以才會想填補我嗎？」

韓常環歪著頭說著，但是當話語一出，又覺得似乎哪裡怪怪的。因為覺得空虛，所以想填補？而且還是對別人？這話是對的嗎？主詞和謂詞似乎都在正確的位置上啊，但還是覺得莫名地尷尬。

「……哇。」

也許是因為這話聽起來確實很怪，盯著韓常環的李鹿像是感到困擾似的不停抹了抹臉。

「呃，對不起，我說錯話了……」

「不，不是，我知道你說這話沒什麼企圖……是啊，沒錯，因為覺得空虛，所以想滿滿地填補起來……這話並沒有錯。」

儘管如此，李鹿那未發出聲響的嘀咕，分明是在說著「啊，真是可愛到令人發狂。」

韓常環那因為擔心自己似乎說了蠢話，而感到緊張的心再次放鬆下來。

發狂？我有這麼可愛？抱著懷疑的心態，韓常環摸了摸自己的耳廓，想著自己是不是聽錯了，對方也許說的是可笑。

「還有，雖然你可能已經見識過了。但我本來就有點直接，我最討厭拐彎抹角或是撒謊……」

李鹿噘著嘴巴，一邊表示自己今天還因為這樣的說話習慣，而在首爾被狠狠教訓了一頓，在聽到這話之前為止，都還陶醉在布丁甜美滋味的韓常環突然有種被噎住的感覺，便吸了一大口氣。

他說……他最討厭撒謊。

「所以你若因為我的話語而感到受傷的話……我很抱歉，啊，真是的，我把這個想說的話全部說盡之後，再跟對方道歉的習慣也得改掉才行，但是這樣的習慣要改也不簡單呢。」

「不，我並沒有覺得受傷。」

「但是你應該覺得有點困擾吧？因為我一直問你奇怪的問題。」

「不，不會，真的沒關係。那、那個夢遊仙境……我很喜歡那個故事，真的很美麗。」

韓常環因作賊心虛而支支吾吾的時候，李鹿輕輕地咬了下唇，在被牙齒擠壓的嘴唇稍微變白，然後又像是被推開似的彈開後，再次找回了鮮紅，就連這樣的畫面都好似一幅畫。

這又是什麼意思？該不會又在內心想著我很可愛了吧？看見我那圓圓的臉頰，確實有可能那麼想。

韓常璟的內心滿是疑惑，因為他根本就搞不懂李鹿到底覺得自己的哪一點好，所以就算他想要繼續裝可愛，也不知道該如何是好而感到煩悶。

不過人也是有羞恥心的，這種問題怎麼能直接問對方呢？

「我今天本來有一個問題一定要問你，儘管我知道這個問題會讓你感到困擾……」

「什麼樣的問題？」

「我很好奇趙東製藥為什麼要把你的身體搞成這樣。」

嗯，這確實是無法回答的問題。其實，因為韓常璟也不明白自己為什麼要過著這樣的人生，所以就算沒有韓代表下達的封口令，韓常璟也不知道該怎麼回答。

「嗯……反正殿下您說過，您自己能夠查明一切，不是嗎？」

「是那樣沒錯啦，但因為我現在沒有調查的時間。」

李鹿帶著有些遺憾的笑容，將自己垂下來的瀏海了撥了上去。

「你不是知道嗎？韓常璟很快就要回趙東製藥了。」

「啊……」

僅在韓常璟眼裡清晰可見的玻璃碎片就如細雨般傾瀉，包覆著自己的這一切美好景致開始出現了裂縫。

自己仍舊是被關在實驗室裡的老鼠，卻不知分寸地誤以為自己來到了外面的世界，那如畫的美景依舊動人，但卻突然有種赤腳走上冰冷水泥塊的感覺。

「總之，我從其他人那裡聽說了，你現在也不算是他的隨從。」

「喔，這……」

「那你應該也沒有必要，一定得待在柳永殿吧？」

「咦？」

呃……面對著預期之外的展開而感到慌張的韓常瑮，一副不知如何是好地緊張著。

他的意思是……要我離開嗎？他的意思是，反正我在這裡也沒做什麼，那就沒必要待在這了，對吧？

「我、我如果待在這……」

韓常瑮的眉毛難過地下垂，這種感覺就像是被人從天堂狠狠地摔下地板。

原本他就因為即將結束的宮中生活，而感到有些惆悵，但是現在居然像這樣，在給自己好吃的東西同時，要人馬上離開……

「您的意思是……要、要我現在馬上離開這個宮嗎？」

「什麼？不，不是。」

李鹿的語氣帶了點煩悶，他拉長了那句「不是」，並一邊將那花花綠綠的烤肉串送入韓常環的口中。

「我的意思是，若是沒有必須待在韓常環身邊的理由，那你要不要搬到我的住處附近？」

「……呃？」

李鹿邊說邊笑著表示，反正住在連花宮的人吃的住的，都是花自己口袋裡的錢，而且韓常環也沒有其他事情要做。

韓常環在這瞬間感到煩悶，快速地將烤肉吞了下去。

他也忘記自己想在吃東西的時候表現得可愛一點，他便像是在戰鬥似的，狼吞虎嚥地將食物吃下肚。

「為、為什麼？」

「你不是說沒有事要做嗎？你的住處我這樣安排應該也沒關係吧？」

「可……可是，就算我去了，也沒有什麼我能做的……」

「那就讀個書吧，跟我一起讀書。」

「……嗯？」

「我會教你各種知識，你不是說你連書都沒有好好地讀嗎？」

「讀書嗎？」

「嗯，先把入學考試當作目標吧！雖然這個應該不簡單，但是只要稍微熟悉要領，就算只有自己一個人也能學好的，也能參加升學考。雖然我並不覺得有要上大學的必要，但像你這樣從一開始就沒有選擇權的情況下，那就另當別論。」

「喔喔……」

韓常環頭昏腦脹得無法說出好或不好。

因為心口下方突如其來的酥麻感，讓韓常環用拇指迅速地搓揉著他那瘦瘦的肚子。若是搭上遊樂設施，是不是就會有這種感覺？咻地下墜後，又突然往上暴衝的感覺。

「是不是太有壓力了？這只是我個人的好意，我想再對你更好一點，沒錯……因為就像剛才說的，只要看著你，就會有一種空虛的感覺。」

「……喔，我……」

韓常環那單調的黑白世界，突然撒下了滿滿的色彩。到剛才為止，整顆心還像是玻璃碎滿地似的消沉，但是現在卻有種花瓣紛飛的感覺，所有的一切都太誇張了，比這些日子以來所吃過的任何藥物，都還要誇張……

「嗯，雖然這不是從小就被關在宮裡長大的我該說的，但似乎有很多事情，是你不曾體驗過的，對吧？」

「雖然是那樣沒錯……但是……」

「所以啊，你就想成是來宮裡體驗學習，放輕鬆生活就好，藉此機會也多吃點好吃的。」

李鹿一邊聳著肩，一邊表示自己很會做菜。

「這些全部都是我做的喔。」

「真的嗎？」

韓常環對此感到驚訝，再次仔細地觀察起了餐盒內的食物。

雖然剛才為了吃，而把餐盒內部用得有點凌亂，但是這個擺設就跟御膳房定期演示，和要拍攝研究資料用的照片時一樣完美。

哇……居然親手製作這些？

至今為止，也不過才見了李鹿兩次，但是每次見到他時，似乎都會發生許多令人驚奇的事。

「我本來在想要不要拜託朴尚宮的，但因為時間也晚了，所以感覺有點不好意思……而且我本來就滿喜歡做料理的。」

李鹿調皮地擠了擠鼻子，表示自己因為有很多該做的和不該做的事，所以從小除了在廚房做菜之外，沒什麼能讓他釋放壓力的事情了。

「還是你是怕韓常環會說些什麼？」

「啊……那也是一個原因……」

啊，其實剛才興奮到根本沒想那麼遠……但是李韓碩確實是個問題，不對，應該說他就是最大的問題。

李韓碩最大的任務便是把韓常環的嘴巴管好，他會願意將自己監視的對象送去看不見的地方嗎？而且還是李鹿所住的地方，想當然，他應該會拒絕吧……

而且，現在在使用的藥物也是個問題，不論是口服藥還是外用於身後的藥……比起現在所待的幽靜之處，若是真的搬過去，就可能會更加輕易地露餡。

畢竟是皇子殿下的住處，儘管只是住在角落，監視也會比現在更加森嚴，突襲檢查也會更加頻繁，搞不好會被看到自己因藥物而恍神的模樣。

不……若是被宮裡的人發現那偷偷挾帶進來的試劑瓶，可能還會被判下更嚴厲的罪刑……

一想到這裡，比剛才還要更嚴重的揪心感便席捲而來，面對覺得自己可愛的李鹿，得非自願性地不停撒謊，韓常環感到非常抱歉。

韓常環隱約想起了李韓碩昨晚對自己的諷刺，若別人知道自己在趙東製藥遭到什麼樣的對待，他們還會喜歡自己嗎？

「那麼，韓常環那邊就由我去說吧！你就別擔心了。」

李鹿將鬆軟的蒸糕切成一半，塞入了韓常璟嘴裡。

那是個看起來毫無任何擔憂的清新笑容，看著什麼都不知道的李鹿，韓常璟感受到了一種窒息的感覺。

儘管如此，他也沒辦法對現在的李鹿坦承一切，雖然會害怕看到李鹿失望的神情……但那想拒絕李鹿所伸出的那雙手及好意的欲望，卻總是不斷在心裡沸騰著。

韓常璟對於讀書、學校、消夜這樣再平凡不過的事情……靜靜地在心裡回想著這些過去不曾擁有過的日常……因為一切實在是太像一場夢了，一時半刻也說不出任何拒絕的言語。

「謝……謝謝。」

「這提議真的沒問題吧？好，那我明天馬上去處理，反正我也有事情要跟韓常璟商量……」

韓常璟……

他口裡的韓常璟並不是自己，而是李韓碩……儘管明白一切，但只要聽到李鹿這夾帶著私人情感的嗓音，韓常璟就會覺得心裡不是很好受。

「再多吃一點，啊，你喜歡無花果嗎？」

「嗯，是……謝謝您……」

雖然蒸糕很軟，但也許是因為這是糕餅類，所以在下嚥的時候，還是會有點卡卡的。這個陌生的甜味不舒服地在嘴裡盤旋，但韓常琛仍被這第一次品嘗到的香氣所吸引，完全無法停下咀嚼的動作。

連花宮內最有名的地方，雖然是模樣精緻可愛的柳永殿，但以美學完成度來說，他處無法相比的當然是宮的主人所居住的正清殿。

沿著正清殿中心大大地轉一圈，平壤市區有名的山全都能夠盡收眼底，各處都是像是將綾羅島整個搬來似的精美山櫻和垂柳，看起來像是古時候的山水畫，也像是重現了王位後方所掛的日月五峰圖中的某個場面。

所以當李鹿成年，收到這連花宮時，各界出現了非常吵雜的新聞。

雖然是唯二的嫡系後代，讓他生活在位於首爾市區內的一個還算不錯的宮裡就夠了。但是皇室將象徵權位與威嚴的大宮殿賜予李皇子，究竟是抱持著什麼樣的意圖，媒體們的分析讓新聞鬧得沸沸揚揚。

雖然流傳過幾條貌似真的有那麼回事的推測，但其實那些猜測都沒有什麼太大的意義，他們只不過是為了不高興的太子，而盡可能地讓身為特殊體質擁有者的直系兄弟遠離罷了。

那些什麼親王之類的爵位也是差不多的用意。

既然李鹿長得俊秀，那就隨便找個符合其外貌的稱謂，而既然有個適合華親王這個稱號、遠在天邊的宮殿，那就將那個地方當作他的住處……這一切只不過是以這種方式進行、毫無誠意的鬧劇罷了。

但是不論內幕為何，在這象徵皇室高權之一的正清殿裡，從剛才開始，就持續傳出不符合其形象的不敬噪音。

「真是的，您從剛才開始，就一直在說那些令人不解的話語耶。」

也不知道李韓碩到底用了多大的力氣放下茶杯，以霹棗木製作而成的堅固飯桌輕微地晃動了一下。

「嗯……這是假的嗎？」

「華親王殿下！您現在還在說那種話？」

「嗯？說這話可是會出大事的，我現在還是李皇子。」

「您現在是在轉移話題嗎？」

「是啊，我在轉移話題。」

「殿下！」

鄭尚醞一副像在說「你活該」似的摀著嘴笑著。

李鹿有著只要不高興，就會以那種方式教訓人的傾向，而鄭尚醞正好在每次接到有關這個柳永殿惡棍的消息時，都頭痛到很想揍這個討人厭的傢伙，現在皇子殿下願意親自幫忙解決，讓他長久以來的鬱悶瞬間消失。

「反正金哲秀在柳永殿也沒有什麼要做的事情，不是嗎？」

「我們家……不對，該說是娘家嗎？總之，我們要讓韓家的人做什麼，似乎不是連花宮該干涉的事。」

「嗯？你似乎誤會了什麼耶……」

李鹿用著一副冷淡的表情，喝下茶。

御膳房雖然收到了青橘，但因為沒什麼用處，所以便將這些青橘拿來泡茶，李鹿對水果茶雖然稱不上是喜歡，但這滋味似乎比想像中的還要合胃口，酸酸甜甜，又帶有一絲生澀……讓人想起了某個人……

「韓常環先生，在這座宮裡，沒有事情是我不能干涉的。」

當李鹿完整道出這個名字時，李韓碩便皺起了眉頭。

「您現在是叫我韓常環先生嗎？」

「是啊，韓常環先生，只不過是訂婚而已，面對還沒有結婚的人，難道你還期望著什麼了不起的稱呼嗎？」

他們像現在這樣面對面地說話，今天也是第一次。

李鹿直到公布訂婚消息之前，連韓常環長什麼樣子都不知道，而在入宮當天也只在遠處點個頭問候罷了。

而且在那之後，韓常環的個人資料也因為趙東製藥的全面管理，所以他的照片也不曾外流，而李鹿收到的也只是一張偷拍，根本就看不清楚臉部的照片罷了。

「反正親王您和我……也不會真的結婚，既然彼此的結局已定，那我就坦白直說了。」

「哇，還真是令人意外耶，所以你至今為止都很努力地遵守禮節囉？」

面對那諷刺的語氣，韓常環皺起了眉頭，李鹿面無表情地挑了挑一側的眉毛，緊緊地將身體往椅背靠去。

好累，雖然不是看臉蛋選的對象，但這個人怎能與自己的理想型有著這麼大的差異呢？但其實也不是韓常環不好，以外表來說，他算是不論到哪，都不會被人說不好看的長相，但就是沒有在他身上感到任何一絲的魅力。

韓伊……總之，那個叫金哲秀的孩子更接近自己的理想型，外表看似純真，但眼角卻是稍微上揚的大眼睛，或是每當咀嚼食物時，就會變紅的臉頰……雖然整體看起來圓滾滾的，但一個個拆開來看，就有種高冷的感覺，而那樣的差距正是李鹿最喜歡的。

雖然像一隻小狗，但實際上卻是小貓……更重要的是，在他身上的每個地方所散發出來的那種……只有在近處觀察才能感受得到，會令人讚嘆不已的可愛。

「您一回來就說要把我們家的人帶去自己的住處……約定的時間就快到了，您這樣會讓人覺得您是要壓迫我們家。」

「喔？說話請小心點。」

站在身後的鄭尚醞用著嚴肅的表情，制止了韓常璟的無禮。

「我的話難道錯了嗎？說真的，不論是誰都會這麼想的。」

「因為國婚的問題，冊封禮也被延期了，而目前連花宮的人手也非常不足。」

「呵……現在說這個幹什麼？這難道是我的錯？」

「就像剛才說的，因為我回來了，所以需要許多人負責做各種雜事，而因為網路上出現的某些消息，所以要找新人也變得有困難。」

「所以啊，這種事情為什麼……」

「雖然皇室不會有人去管那一則則的網路消息，但是這次例外，因為這次的主角是你。」

「……網路上在討論我的事？」

「是啊，所以我們決定要讓那貼文所討論的內容，看起來不要像個既定事實，不過網民們熱烈討論的那些關於你的事情，跟你平常的言行舉止完全一樣，所以我可不能把這件事僅僅當作謠言看待。」

明明說要撤除階級關係，好好坦誠交流的就是韓常璟，但當李鹿指責他平常帶了各種人進宮後的所作所為，韓常璟也羞恥得臉紅了起來。

李鹿心裡不舒服地覺得對方長得還真是不怎麼樣，啊，好想金哲秀喔，他那因為慌張而漲紅的臉也很可愛的說……

「大家都忙著自己的事和處理你的爛攤子，沒有人願意同時負責正清院御膳房或青華院的小事，所以我們在詳細查閱過名簿之後，幸運地發現了一個看起來沒什麼事情要做的人。」

「這……」

「連花宮會缺少人手，跟你也脫離不了關係，請你配合一下。」

「那、那您就去跟景福宮反應啊，您因為影響力小而找不到人工作，為什麼會是我的責任？」

「你在說什麼？就算我是太子或是皇帝，我的訂婚對象在我的宮裡，叫來了各式各樣不同的人來做愛，這種狀況對我來說是不可能有利的。」

「什麼？」

韓常琛那因酒醉的關係而漲紅的臉，現在看起來與其說是紅，倒不如說看起來是黑的，一副就是沒想到會從李鹿的嘴裡聽見做愛這種低俗的詞彙。

「殿下……」

鄭尚醞的那句「殿下」，聽起來更像是變了形的發音——「殿呃下……」

「拜託，顧及一下體面……」

就連因韓常琛被教訓而感到歡喜的鄭尚醞，都咳咳地發出了警示，但李鹿仍用著貌美如花的燦爛表情，直接道出了讓人聽了會感到難為情的話。

「其實光是從你的言行舉止來看，就真的很令人懷疑，你到底是不是真的擁有特殊體質，不論是Alpha或是Omega，至少都會因為不想從旁人那裡聽到一些不舒服的言語，而努力隱藏自己的性癖好，但是你……不曉得是故意不吃藥？還是真的吃了什麼藥，每天都做愛做到令人無法理解的程度。」

「什麼？」

「難道你就不覺得要盡量避開人們的視線嗎？別人都已經在傳說因為你是Omega，才會如此性愛成癮了。你還一點感覺都沒有嗎？我才想先放下階級什麼的，好好地問問你呢。不管是皇室還是財閥，撇除一切身分，以同樣作為特殊體質的人來說，我是真的無法理解。」

鄭尙醞實在是不知道該怎麼收拾這樣的場面，便緊咬著嘴唇看著地板，而韓常環則是在咧嘴笑了笑後，將放在眼前的茶一飲而盡。

「總之，現在不管是誰也好，我們都得找人幫忙，而如今會變成這樣，你也不是沒有責任，所以請先暫時把金哲秀借給正清殿吧！這到底有什麼困難的，讓你激動成這樣……」

一副像是在表示自己再也不想說下去的李鹿咋了咋舌，並用下巴示意，鄭尙醞迅速地走到韓常環身邊，當要送他回住處的話一出，韓常環便一邊用鼻子出著氣，一邊起了身。

令人無言的是，在這種情況下，那放在地上的小餐桌又再次劇烈晃動了起來。

「這真的是霹棗木嗎……」

鄭尙醞回頭瞥了一眼，用一副像是在說別再開那種玩笑的眼神瞪了李鹿。

「……我先離開了。」

李鹿像是趕走麻煩的客人似的，隨便揮了揮手，雖然韓常環的眼神似乎尖銳了起來，但李鹿認為這並不關他的事情。

嗯……雖然也不算是取得正式的允許，但是與一開始不同的是，他並沒有拒絕到底，這樣就算將金哲秀帶走，應該也算是名正言順吧？但是……

「真奇怪……」

李鹿將頭往後仰，細細地端詳著椽木的模樣，心中莫名地有幾處想不透的地方。

雖然到剛才為止，都還氣勢磅礡地壓迫著韓常璟，但自己所說的話其實並不完全符合因果，不僅在邏輯上非常誇張，甚至連論證都不明確，萬一他想找碴的話也一定行得通，李鹿甚至做好了韓常璟可能會說他越權，並將趙東製藥的人叫來平壤的覺悟了。

「……但他為什麼會這樣乖乖退下？」

他帶著那孩子做的怪事似乎是真的……既然如此，他不是應該更抱著必死的決心阻止這件事嗎？

只不過是指責了他淫亂的行為，他就這麼輕易地妥協，這還真奇怪……他若是為此玻璃心的話，那打從一開始，就不會在沒有主人的宮殿裡，做出亂交這種事了吧……

「殿下，拜託，說話小心點……」

「尙醞。」

「您現在對我也想轉移話題？」

「那個韓常璟啊……他真的是Omega嗎？」

「嗯？這麼突然的，這又是什麼話……您之前不是說過不可能那樣了嗎？」

「那是……那是從一開始，在認為韓常璟絕對是Omega的前提下所說的啊。」

鄭尙醞像是要說不說的，不停地反覆張開了嘴巴、又閉上了嘴巴……隨後又搖了搖頭。

「嗯……雖然很抱歉，但我完全想不到您在這種情況下，為什麼會突然說出那種話……」

「你想想，老實說，我剛才要賴地對他說了很不像樣的話。」

「哎呀，原來您也很清楚啊！」

「是啊，而且，既然他對金哲秀的身體做了什麼，那對於我的提議應該會是絕對無法退讓。我可是要讓金哲秀住進我的住處耶，又不是別的地方，會令他感到心虛的地方有那麼多，他會拿韓代表當藉口來拒絕這件事也是理所當然的。」

「這……這目前也只是猜測，不是嗎？」

可惜的是，這是像鄭尙醞這種既不是Alpha，也不是Omega的普通人無法幫忙、也無法有同感的問題，所以李鹿也只能對這煩悶的心情感到束手無策。

「是啊，一切的確只是猜測，但當我說到，同樣身為特殊體質的擁有者，為什麼要做那種事，過那樣的生活之後……那傢伙的狀態似乎真的變奇怪了。」

「狀態變得奇怪？」

「對啊，他不是突然慌張了起來，然後就夾著尾巴逃跑了嗎？」

「哎呀！光憑這點，就說他不是Omega的話……」

「你仔細想想，若做出那樣的假設，那金哲秀的存在就更加說得過去了。」

間。

鄭尚醞「喔喔」了兩聲後，將視線投向了遠處，看來他似乎是需要一點整理思緒的時間。

「所以……韓代表打從一開始……從那個小兒子韓常琛出生起就一直在撒謊？明明不是Omega，但卻宣稱他是Omega？」

「沒錯，撒了謊之後，為了以防萬一，便將同齡的金哲秀放在他身邊，而金哲秀才是真正的Omega……雖然不知道他們到底使了什麼手段，但他們的確是故意要徹底毀掉那孩子的身體的，但是連身為特殊體質的我也搞不清楚原因為何。」

「呃嗯……我該說什麼才好呢……」

若要說這根本就是不可能的猜測，但對方是李鹿。

並不是因為李鹿是皇室成員，而是因為他是現在這個國家，幾乎可說是不存在的Alpha體質擁有者。所以也許……他們那樣的人之間，是真的能感覺到什麼……基於這樣的想法，鄭尚醞也就無法說出對錯與否。

「話、話雖如此，但他進宮之後，也做過幾次檢查……」

「你還記得我上次讓你去調查韓伊吧？」

「……嗯？」

表情嚴肅的鄭尚醞就像是聽到了不該聽的話似的皺起眉頭。

「怎麼了？」

「您剛才……叫他哈尼？」

「對啊，韓伊。」

「天啊……殿下，我都已經說成那樣了，但你們在這麼短的時間內，就已經變成那種關係了嗎？」

「什麼？你怎麼會突然這麼說？」

本來正托著下巴仔細思考的李鹿，多虧鄭尚醞天外飛來一筆，整個思考的氛圍都被打壞了。

「您不是叫他哈尼嗎？叫那個金哲秀哈尼。」

「啊，那是因為他要我那麼叫……等等。」

「……啊啊。」

「尚醞，你現在是把韓伊聽成了哈尼達令的那個哈尼，所以在無理取鬧嗎？」

「……呃，那個……」

感到無言的李鹿用手背緊緊地壓了壓額頭，嘆了一口長長的氣。

「算了，別再說了。」

「……抱歉。」

「之前我叫你去調查韓……我是說金哲秀，你換個方向，連韓常璟也一起調查，以目前懷疑的部分為基準去調查，一定會發現更多疑點的。」

「是，遵命。」

因為鄭尚醞那令人無言的挑剔而疲憊的李鹿，揮著手示意鄭尚醞離開。

戀人？要是近距離看他的話，那就絕對說不出那種話，任誰看了都會覺得他是個孩子啊。

「……搞什麼啊？」

準備起身的李鹿，看著搖晃顫抖的小桌角，瞇起了眼睛。

「這桌子為什麼這麼脆弱啊？」

該不會只是宣稱是霹棗木，結果其實根本就不是吧？因為不是要給景福宮的，是要給我連花宮的，所以就瞧不起我啊？李鹿這麼想著。

「……不管了。」

李鹿用一邊的手遮住了眼睛，像是要震破地板似的嘆了一口氣，現在就連面對一些大不了的小事，也會莫名起疑心。

待過軍隊、也待過國外……雖然自己看起來就像成年人，但其實李鹿也不過才二十三歲。

就算裝作不是，他也依舊年幼，支持他的力量依舊微弱，他能依靠的也就是多虧了那帥氣的外貌，而日益上升的人氣罷了。

雖然曾想過等到自己再回到這裡，很多事情就會有所改變，但那些圍繞著他的事情漸漸成了灰濛濛的霧氣，束縛住了李鹿的四肢。

「……呼、住……住手，這樣應該……夠了吧……」

在語畢之前，韓常琛的乳頭就被狠狠地捏得發燙，當指甲緊緊地刮著那硬挺的乳頭時，整個身體就會像是痙攣似的扭動。

今天的李韓碩與平時不同，甚至連胸口也被他淋上某種黏黏的東西，現在仔細想想，那並不是韓代表說要用的東西，他似乎是隨意將本人使用的物品用在了韓常琛身上。

「呃啊……啊！」

脹得紅通通的細皮嫩肉每次被大力擰捏的時候，都會感受到一股電流在流動的感覺，那感覺就像是被插在魚叉上跳動著身軀的魚一樣，站得直挺挺的乳頭被滑溜溜的液體浸溼，乍看之下看起來像是被人吸好吸滿的模樣。

「一稱讚你的身體就像Omega一樣，你就不知分寸地跑去勾引皇子？」

「啊，不、不是那樣的……」

「若不是那樣，那傢伙怎麼會突然說要把你帶去自己的住處？嗯？」

「哈、呃啊啊……啊！」

李韓碩用力拉扯纏繞於龜頭下的繩結，韓常瑔就發出了尖銳的慘叫聲。

雖然不知道原理為何，這又不是塞住尿道，但光是用這種程度的束縛，就讓他很難射出體液。

所以他在這幾個小時，連一次射精都沒有，就這樣一直被李韓碩折磨著。

韓常瑔的頭部會一直往後仰，忍受刺激的臨界點變低了，他現在的身體，是稍微輕輕地撫弄一下，就能輕易射精的體質，但是現在卻處於好幾個小時都無法射精且被無限折磨的狀態，甚至讓他有了央求對方乾脆殺了自己的想法。

這已經不是快樂，而是只能感到痛苦罷了，韓常瑔哭到眼角發紅，再也哭不出淚水，又痛又難受，好想射精，但是……那過程中又突然在某個點會讓自己感到快樂的身體真是太令人無言了。

「喂，我說過，要你叫得好聽點！」

「呃……可是……真的太、太痛了……呃……」

「你叫得這麼難聽，以後誰還會要你啊？你在李皇子面前也是這樣哭的？也發出了那種聲音嗎？」

「不……我、我從沒……那樣過……呃啊……！」

「李皇子知道你有那種癖好嗎？嗯？」

「那……那種事……啊……啊啊！」

雖然已來到興奮的臨界點，但是這次仍然沒有成功射精，雖然有稍微像是失禁似的流出了一點精液，但是那樣的情況反而會讓韓常瑮變得更難忍耐。

他好想全部一瀉千里，若是李韓碩允許自己射精的話，不論是什麼事情，他似乎都能答應。

李韓碩突然抓住韓常瑮的頭髮，並將其拖去住處。

他撿起房間內四處滾動的酒瓶，大口大口地喝了起來。嘴裡碎念起意義不明的話語，並開始肆意毆打韓常瑮。

一開始還在想李韓碩到底在說什麼，試著組合那口中嘀咕的句子，似乎是在說李鹿命令他把自己送到正清殿去。

韓常瑮沒想到李鹿的執行力這麼高，甚至沒想到李鹿會直接提出如此敏感的話題，並挑戰李韓碩的脾氣。

他大約聽到的狀況是，李鹿似乎對於李韓碩的淫亂行為作出了嘲諷。

他無法相信，那跟自己說話時總是一句抱歉、一句對不起的，還會因為沒辦法讓自己吃好吃的東西而感到焦急的溫柔男人……居然會對李韓碩如此凶狠。

接著，韓常璟在那之後的記憶就變得模糊，從那之後到現在，韓常璟就一直被李韓碩折磨著，身後的洞被插入超出許可值的安瓿，過程中嘴巴還被塞入了堵嘴用具，只要配戴那個長相奇特的束縛道具，舌尖就會觸碰到一個小拇指大小的糖果，當糖果幾乎要完全融化時，就會興奮得徹底發狂。

韓常璟哭著央求李韓碩想想辦法，就算是將木棒插入洞內抽插也好。

當他的肛門真的被東西插入後，他的身體就像是等待已久似的，開始散發出好似要融化一切甜美的香氣，從那流出的唾液、溼透的身後以及浸溼身體的汗水中……真的是身體的各處都在流水。

「神奇吧？這是根據你的身體而製作出來的藥，但現在這個藥太受歡迎了，所以現在量也不夠。」

李韓碩噁心地笑著，同時肆意地抓起韓常璟的屁股不停搓揉，依照他所說的，這是目前最受歡迎的藥之一，能夠散發出像是處於發情期的Omega般的甜美香氣，而且還能輕易地讓人溼透。

其實在藥物開發至某種程度後，就沒有用韓常瑮的身體做臨床實驗了。

只因為藥物幾乎接近開發完成的狀態時，韓常瑮的身體就會開始嘗試另外一款的新藥。

所以這還是他第一次嘗試用自己的身體所開發出的藥物……那是種無法用言語形容的恐怖感，甚至自己也不記得是什麼時候試過這種東西了。

但那小小的糖果居然能在一瞬間，就讓人完全失去理智，實在是令人恐懼。

那些研究員們到底從自己的身體裡發現了什麼恐怖的東西？讓自己成為這種藥物的製作源頭……難道真像李韓碩所說的，自己的身體淫蕩到無可救藥了？

「你給我說清楚，你洩漏了多少事情給李皇子？」

「我什麼話……都沒說……真的……」

隨著一聲「嗶」的破裂音，韓常瑮將頭轉了過去，被重擊到耳朵裡甚至出現了耳鳴後，讓他的意識變得更加模糊，不管了，不想再痛下去了，好想射精……此時的他腦子裡所想的就只有這些。

「你要我相信你說的？但那傢伙卻跟我議論什麼同為特殊體質擁有者，然後說著那些試探性的話？嗯？」

「啊呃……」

當那插在身後那好似木棍的東西，不停地反覆抽插時，白色的泡沫便伴隨著尷尬的聲響傾洩而出。

「還有，想了想，這還真可笑，喂，你在公司的時候也像這樣不甘願地哇哇叫嗎？現在居然敢反抗我？」

韓常環無力地搖了搖頭，這與其說是在回答，更像是反射性的反應。

自己在實驗室裡……做了什麼？除了吃下他們給的藥以外什麼也沒做，想射精的時候就射精，若身體感到發熱難耐就直接表明，而如此露骨地要他在身後塗抹什麼，甚至是用道具來拓寬什麼的指示，是到他成年之後才開始的。

但是……到之前為止，雖然知道這些事情並不普通，卻也沒有覺得可恥到這種地步啊。現在仔細回想起來，真的會讓人羞恥到很想一頭撞向某處。

李鹿也許不會知道，世上居然有人過著這樣的人生，應該說根本連想也想像不到，他所想像得到的欺負，大概就是不給飯吃和暴力相向……這種程度的吧？

「呃啊、啊……！」

李韓碩像是不給韓常環思考其他事情的自由似的，提高了棒子在裡面攪動的強度，嘴裡雖然乾渴難耐，但唾液卻不停流出的感覺真是奇怪。

他的身體早在之前就已經毀了，一直以來都以人工方式過著模仿非天生的特殊體質的生活，Omega擁有的眾多特質中，僅挑選那特殊的部分，為了強制將其融入體內而大口喝下了各種藥物，身體狀況怎麼可能還會完好？

韓常璟緊閉雙眼的那一刻，他想起了李鹿的臉和嗓音，這個人說想要教這樣的自己讀書……還說要做好吃的給自己吃……但是如此溫柔的殿下說過他最討厭謊言了……

「唔呃……」

原以為已經流乾的淚，連流都沒流，就直接啪啦啪啦地往下掉，讓自己體驗了那麼多「第一次」的李鹿，最後一定會討厭自己的，一定會恨自己、藐視自己，然後會因為覺得噁心而疏遠自己。

韓常璟頓時埋怨起了李鹿，他原本能像以前那樣，過著對一切事物斷念的生活的，回到實驗室後，能以這個四不像的怪物之軀，一邊懷念那短暫的宮中生活，一邊過得像從前一樣。

但是現在的他已經稍微明白外面的世界是什麼顏色、體驗過那陽光直射下來的光是何種感覺。

韓常璟會回到實驗室，再次成為白老鼠。他過著被關在牢籠裡的命運並沒有改變，只是讓他明白到自己的未來絕對會變得更加悲慘。

這段時間發生在自己身上的那些噁心事，其實一點真實感都沒有，但現在想起，他卻感到如此無力……在李鹿身邊待得越久，似乎只會變得更加痛苦。

可是……儘管如此……

「呃、啊、啊啊！」

一想到李鹿……想到那好似太陽，又好似樹木的帥氣臉蛋……就感覺自己撐得下去，不，應該說很快樂，儘管心底在埋怨著，但還是很快樂。

若是現在抽插自己身後的東西，以及那不停揉弄並磨蹭自己紅腫的乳頭的是李鹿的手，那個感覺會是如何呢？

光是稍微想到那個畫面……就有種興奮到會令人昏厥的高潮如海浪般席捲全身的感覺。就如李韓碩所言，這淫蕩的身體在這種情況下，仍將李鹿作為那種想像的對象。

一開始是包覆著自己的那雙大手，打開藍色包袱，將餐盒打開時所散發出來的熱氣，觸碰到雙唇的粗糙指尖……和李鹿一起度過的那短暫時間，就像膠捲相機的一個場面一樣，一片一片地反覆浮現又消失在腦海中。

「住手……我……我想射……啊……啊啊……拜託……」

彷彿像在說那樣的回想都是奢侈似的，覺得一切都在瞬間被撲滅時，可怕的性快感就像是逆流而上地傾洩而出。

「好啊。」

李韓碩在沒有任何告知的狀況下，就直接拔出了填滿韓常璟身後的木棒。

「我知道了啦，別再煩人了。」

「呃……啊、啊啊……啊嗯！」

在木棒完全抽離之前，李韓碩將好不容易才填滿入口的木棒快速抽插，此時的韓常瓓再也控制不住自己的腦袋了，在不同角度的反覆刺激下，那洞就像是在尋找能填補內部的東西似的反覆大力收縮，那些累積下來的藥水、體液，以及啪啦啪啦的淫蕩聲響震耳欲聾。

「啊呃、呃……」

「我會讓你能夠舒服地射精，這次向公司報告的時候，告訴他們你在看過李鹿之後，身體就出現了反應。」

「……嗯？現、呃呃……現在那、那……」

「看到那傢伙之後，就像是出現發情期一樣，後面不僅溼了還很想射精，感覺若是李皇子的老二不馬上插進去的話你就會瘋掉，就這樣向上面報告。」

李韓碩一邊表示要這樣報告，父親才不會對突然將他送去正清殿的事情說些什麼，一邊將木棒完全抽離韓常瓓的身後。

「但……但是……這……」

「喂。」

一臉發怒的李韓碩抓著韓常瓓的腳腕，並將他的雙腿朝一旁打開，屁股在被扒開的時候，卻因為那黏膩的液體，而發出啪啪作響的尷尬聲響。

「身體都變成這樣了，還不是Omega？我看那些研究員大概也不會相信吧。」

「可、可是……我……我知道，Omega是不會這樣……的……」

「啊，那部分也不是我能管的。」

李韓碩瞇著眼不停觀察那溼透的木棒。

「都這麼溼了……」

沒有性功能的身體器官都能自己溼成這樣了，李韓碩哈哈地笑著，表示這樣一定能夠通過。

韓常璟拚命地搖著頭，他們說過，當自己的身體再也無法使用任何藥物時，就會將他關去別墅，讓他從事性招待的工作。

趙東製藥憑著各種遊說才取得了如今的地位，韓代表當初開心表示若放出消息宣稱使用公司努力研發出來的藥物，就能在身體極度興奮的狀態下做愛，便能減少現在這種無謂招待費的樣子，至今都還歷歷在目。

但是李韓碩現在要他跟上面報告自己出現類似Omega的反應？若是那麼報告，一定會馬上被叫回研究所，韓常璟根本就不想那樣……

雖然知道這是必然的程序……但現在的韓常璟還想在連花宮多待一陣子。

「反正韓常環這個名字以後也會是我的，世上根本就不存在的傢伙，不論被如何蹂躪，會有誰能說什麼嗎？我說的沒錯吧？」

「但、但是……」

「總之你照做就對了，難道我還得因為你，被父親罵說我到底是怎麼做事的嗎？」

李韓碩大力地推著韓常環的額頭，並再次字字句句清楚地說著。

「因為想品嘗李皇子的老二而溼透了，就這樣報告，懂了嗎？」

「……」

「還有，告訴父親在你正式開始接客之前，第一個最想被我插，這是我送你去正清殿的條件。」

原本只是乖乖挨揍的韓常環，被李韓碩的話嚇得慢慢地抬起了頭。

「……嗯？」

他剛才……說什麼？

「雖然至今為止，我有好幾次可以幹你的機會。不過，因為我不想對父親撒謊，所以才會放過你。」

李韓碩笑著表示他那淫蕩的身體現在能夠被啟發，自己應該要得到一點獎勵才對。

「第一次要在哪做好呢？李鹿睡覺時在他旁邊做？真好奇那小子若看到我和你在正清

殿幹那種事的話，會露出什麼表情。」

「我、我不能說那種話。」

「……什麼？」

韓常璟那不自覺的拒絕，非常直接地從口中吐了出來。

他在說出那句話之後，因不敢相信自己會有這樣的反應，而暫時屏住了氣息，吞下口水的聲音就像是炸彈爆炸似的在耳邊作響。

「喂，你剛才說什麼？」

「因為……那是謊話啊……我就算看到皇子殿下，身、身體也沒有變成那樣。」

那下垂的眼睫毛飄忽不定地顫抖著，但是……韓常璟並不想在李鹿所住的地方、不想在那與主人相似的端雅住處李韓碩做那種事。

不久前在乳頭貼上奇怪的貼布並嗚嗚哭泣的時候、龜頭因被粗硬的繩子勒緊，而被逼上臨界點到像是要死了的感覺，都沒有比現在還糟糕，甚至若現在叫他再經歷一次那樣的痛，他也能夠撐下去。

「哈呃唔！」

「很囂張嘛！」

李韓碩將食指放入緊繫的繩結，並開始反覆晃動，那緊綁的繩子開始一點點地鬆動，沒想到那緊得像是要用刀才解得開的繩子會這麼輕易地就鬆開。然後……

「哈、啊、啊啊！啊……！」

在壓迫的力量消失的同時，伴隨著「啪啪」的尷尬聲響，精液不停地流了出來。

「我看你好像誤會了什麼……就算你不說，我也能將這一切說出去，所以我現在可是在給你機會啊。」

「哈、呃呃……啊呃呃！」

「這樣的話你以後連正清殿都看不到，只能被關在這裡，繼續被我和我的客人們插，最後再回到實驗室去，當然，等你回去之後，也不可能再看到像現在這樣美麗的天空了……」

表示韓常瑮的身體這輩子都只能接受男人的生殖器，直到死為止。

李韓碩上下擼著韓常瑮那直得硬挺的生殖器說著。

「就算只有幾個月也好，你難道就不想像個正常人一樣，在正清殿生活看看嗎？而不是像一名噴水不斷的男娼。」

腳趾被壓到沒了知覺、腰部也被折得扭曲不堪，在韓常瑮不停一邊顫抖一邊射精的過程中，李韓碩殘忍的話清楚地傳入他的耳裡，若現在不按照李韓碩的指示去報告，那以後他就再也看不到李鹿。

「如何？你打算怎麼做？要照我說的去做嗎？還是要由我去報告？」

就像是早就知道對方會做出何種選擇似的，李韓碩的話語夾帶著笑意，聽見他那樣的聲音，韓常璟的淚水便嘩啦嘩啦地湧現了出來。

「呃……去做。」

「喂，別哭了，把話好好說清楚，我聽不見。」

「我做……我會照您說的去做……」

「這樣啊？你打算怎麼說？」

「看到了……皇子殿下後……身體就出現了類似Omega的反應……啊啊！」

不久前為止都還在抽插著自己身後的木棒，狠狠地重擊在勃起一半的生殖器上。這次眼冒金星的原因與剛才有點不同，當韓常璟因為身體的疼痛與心裡的難過而哭得更厲害時，李韓碩便發著火，一副像是要弄爆他似的緊緊抓住韓常璟生殖器的前端，並晃動了起來。

「呃啊、啊……啊！」

「我什麼時候那麼說了？嗯？」

「不、不然要……要怎麼說？」

「給我好好說，把我剛說過的一字不漏地全說出來。」

到底有什麼好重要的？

韓常瑮就連李韓碩為何要如此逼迫自己的理由都不清楚，就連他的眼睛都無法好好睜開，就這樣結結巴巴地繼續說了下去。

而他也不知道李韓碩要他說那些既刺激又膚淺的話，就是為了讓他的屈服變得理所當然，所以才如此欺負他的。

「因、因為我溼了……」

韓常瑮一邊想著李鹿的臉，好不容易才開了口。

「只要看到皇子殿下，後面就會溼掉，就、就會變得很想做……希、希望能有老二……插進我的……洞裡……因此，若想再繼續觀察這樣的反應，讓我去正清殿住……啊、可能會……呼……比較好……」

「還有呢？」

「我希望第一個插我的是少爺的……是韓碩少爺的生殖器……」

韓常瑮為了強忍住淚水，所以那最後的字句幾乎發不出聲來，但也許這樣就算是到達李韓碩所期望的標準，他便帶著滿足的表情點了點頭。

「好，既然我們已經約好了……」

李韓碩將手上沾到的精液往墊褥上隨便抹了抹，便開始張望著四周，接著似乎是發現了自己在尋找的東西，他便開心地起了身。

喀啦喀啦的聲響傳入耳中，雖然不知道那是什麼聲音，但是因為覺得那對自己來說，似乎不是個好的信號，韓常環便盡力蜷縮著自己裸露的軀體，並小口小口地呼吸著。

「我們應該要來寫個合約吧？」

有時因為藥物的刺激過於激烈，而像這樣蜷曲著身體的時候，也許是因為覺得那個樣子看起來太可憐了，研究員們也會稍微溫柔對待韓常環，但是這對李韓碩來說，似乎一點用都沒有，本以為只是肩膀被用力抬起，結果竟是整個身體都被抬起來了，不過是否要慶幸，至少他這次沒有抓自己的頭髮。

「這……這是……什麼？」

因為有東西突然飛向自己而舉手阻擋的韓常環，看了看掉在自己腳下的東西，這才發現那是各種不同種類的毛筆，從毛上散發出的光澤來看，那些一定都是昂貴的產品。

也是……若是宮裡使用的筆墨紙張，想當然一定會是最頂級的吧？平常根本沒看過李韓碩手裡拿毛筆還是鉛筆的樣子，所以完全沒想到這種物品會出現在這裡。

不過讓韓常環感到慌張的……並不是因為發現了這些、或是被這些東西砸中，而是不明白李韓碩為何要把這些丟向自己。

「用說的沒有效用，一切都要白紙黑字留下證據。」

該不會是真的要寫下來吧？李韓碩將放在高及腰部的三層櫃上的一張小桌子放在地上，並到處翻找。

以玻璃和玉石所製造的飾品們發出著沉重的聲響並四處滾動。

「呃嗯……沒辦法了，既然沒發現合適的，現在就先拿這個應急吧。」

李韓碩拿著幾本用粗線將宣紙綑綁成像是書籍似的筆記本，並發出下三濫般的笑聲。

「若要用在這的話……那可要好好對準耶，這畢竟是個昂貴的洞……你應該做得到吧？」

那傢伙看向自己的眼神狡猾得不正常，韓常琛也不自覺地開始向後退。

「啊……啊！」

那撐在地板上的手因力量不足而使身體癱軟了下來，導致插在身後的毛筆的角度也跟著歪斜，在沉重地刮磨內壁的動作下，那搔癢的感覺從尾椎開始直衝至整個身體。

李韓碩馬上將本子丟了過去，要韓常琛在插著毛筆的狀態下動作，並把紙上空白之處全部填滿。

一開始，韓常瑮並不明白李韓碩做出的是什麼要求，他將墨汁往那已經被扔得到處都是裂痕的硯臺上，並表示「這本來應該要用磨的才對，可是既然現在沒有時間，我們就簡單點吧」的時候……韓常瑮這才明白他將這些文具丟向自己的理由。

雖然他嘴上說是白紙黑字的合約，但這一切也只不過是他為了欺負韓常瑮而找的藉口罷了。

韓常瑮的屁股插著毛筆扭動在小小的筆記本上，與李韓碩要求自己一定要將那些話向上報告……這兩者之間應該根本就沒有關係吧？

而那之後的事情就更加令人無法理解，李韓碩以不以為意的態度，叫人去做那種恐怖事情，在盯著韓常瑮緩緩用自己的手將毛筆推入洞口後，就走出了房間，甚至沒有說自己會馬上回來，或是要怎麼結束現在正在進行的事情。

總之，李韓碩說要做的事情就還是得做，韓常瑮的喜好也一如既往地，一點也不重要，所以他在猶豫了片刻之後，便生疏地放低身子，並開始扭動腰部……要是門突然被打開，宮人們突然進來的話該怎麼辦？

要是李韓碩把跟自己玩樂的人都帶來，讓他們欣賞這副光景的話，那該怎麼辦……各種想法湧上心頭，搞得韓常瑮的心臟噗通噗通地跳個不停。

當然，李韓碩為了自己的快樂而將韓常瑮交給陌生人也不是一兩次了，李韓碩的客人們曾將韓常璟的四肢緊緊綁住，並舔食灑在他那脫個精光的身體上的酒；也曾透過只玩弄他的乳頭的方式，打賭誰能讓他更快射精；甚至還抓著他的屁股，將他那沒有任何一絲皺紋的緊緻小洞展現給眾人看，並讚揚著趙東製藥的技術能力……

但是卻一次也沒讓別人看過他那身後插著什麼的樣子。

到底為什麼會這樣？不論對象是誰，但是這種樣子是很容易被他人發現的，李韓碩應該也知道這點啊……韓常璟不停地搖著頭，同時晃動著腰部與臀部，反正李韓碩對自己做出那些不該做的事也不只一兩次了，所以也還能忍受……但韓常璟依然不想被宮人們發現自己現在這種樣子。

而他最擔心的是……萬一……雖然不可能會有這種事，但萬一李鹿找上門的話……

「啊……不可以……」

這樣他一定會對我感到失望的，韓常璟的腦海中想像著李鹿將親手製作的食物交給自己、要自己開心地待一陣子再離開時，那般溫柔的嘴角變得冰冷緊閉的樣子，李鹿一定會氣自己騙了他，一定會被這個淫蕩行為嚇到。

「呃……」

儘管眼睛已經哭腫得慘不忍睹，韓常璟仍就像是傻瓜一樣流下淚水，他從沒像現在這樣，感到如此害怕、如此不安。

所以呢？李韓碩到底什麼時候會回來？到底還得維持這副樣子到什麼時候……

費力地上下擺動腰部的每一刻，那挺拔的生殖器總會啪啪敲打著肚臍附近，因為討厭那種聲音而緊閉著雙眼，但當眼前一片漆黑的時候，反而讓他感受到了更大的刺激，敲打、撥弄，並粉碎整個身體的極限快感始終沒有結束。

「啊……呃、呃唔……」

只不過被插進去的不是男人的生殖器，而是毛筆；手觸碰的地方，不是別人的身體，而是地板或紙張罷了，但其實這就是女上位的姿勢，而且在之前都不知道……跟躺著被插入什麼相比，用這種姿勢似乎會讓身體變得更加興奮，剛才李韓碩在自己的洞口附近以手指快速地用力摳弄時，一股巨浪般的性快感席捲而來，看來那並不是錯覺。

一插入洞內，筆桿所觸碰到的內壁，以及差不多中指第二節的部分和稍微向右的某處，讓韓常瑮感到自己身體的這個部分特別脆弱，只要稍微輕觸那些地方，精液似乎就能馬上湧上尿道的盡頭。

韓常瑮舔著那乾裂的嘴唇，努力讓自己不要忘記自己現在在這忍受屈辱的理由，同時身體也興奮到讓他的視線不斷地反覆消失又出現。

好暈，但他想離去的心依舊沒變，在回到實驗室之前，就算只有一下子也好，他也想多爭取點時間，他還想在李鹿身邊嘗試更多不同的第一次。

「啊，呃、呃嗯……」

應該這樣的……明明就想著自己是基於那樣的理由，而努力苦撐的……

因為又累又痛苦，韓常琛便不自覺地將毛筆的尾端部分引導至自己有感覺的方向。

他搖晃腰部並翹起屁股，再往會讓自己感到開心的地方用力向下，然後在某一瞬間又突然清醒過來，哭著搖頭。

稍微往下一看，發現不只是簿子，就連附近的地板也早已被墨水弄髒，韓常琛的大腿、腳踝，甚至是上臂，也都被潑滿了黑色水滴，猛地一看甚至還會覺得自己這醜陋不堪的模樣，就像一個了不起的現代美術作品呢。

但至少在放入毛筆之前，已經高潮過許多次，所以好險在面對反覆的射精時，精液已不再是白色的了，身心靈都已經夠痛苦了，若是還看到乾涸的白色精液，那只會更加深他的羞愧感。

而且也不知道他到底以這種狀況被地板擠壓了多久，毛筆上的毛幾乎可說是都鈍掉了，儘管這是個以擁有優秀彈力的上等品……

「好舒、不，不對……一點都不……啊啊……！」

都已經做到這個地步了，還是不見李韓碩人影，韓常琛現在也忙於探索自己身體有感覺的地方，以及還想接受更多刺激的部位。

花了好長一段時間，韓常璨這才終於回過神來，他甚至忘記自己為什麼會做這種奇怪的事，也忘記做這事的目標和理由。

當然，他慢慢地又想起了李鹿的名字，卻不知怎地，那速度漸漸慢了下來。

「我、我再也……沒辦法了……啊，呃啊啊！」

也許是因為剛才綁得太緊的關係，那被留下紫紅色痕跡的龜頭末端流出了清澈的精液，韓常璨不知道自己今天到底射精了幾次，或許是覺得數次數已經變得毫無意義，在從某個瞬間起，他便放棄計算了，不過他也認為自己很神奇，居然到現在都還能射。

韓常璨以那失焦的雙眼望著腳下爛攤子，在看見自己紅腫的乳頭時，打了一記冷顫。他現在似乎明白那莫名的煩悶感到底為何？而自己的身體到底想要什麼了。那飽受藥物煎熬的身體似乎需要其他種類的刺激，紅腫的乳頭或是依舊上下擺動著的下體……還有……

「什麼啊？你怎麼露出一副可憐的模樣？」

隨著那大力的開門聲，韓常璨的身體大力晃動了一下，因為感覺眼淚似乎又要奪眶而出，他便緊咬著無辜的雙唇。

雖然很討厭這個會因無法欺負自己而感到心急的李韓碩，但其實現在更多的是對自己的厭惡，萬一李韓碩沒有闖進來的話，他一定早就將自己的手放入身後的洞了。

今天在被他叫來後，自己身後的洞就一直咬著物品。

例如像是長相平凡但卻有著奇怪功能的沉重木棒又或是毛筆……但現在插在身後的毛筆又跟之前的木棒相比實在是太小了，讓韓常瑮有種空虛的感覺。

儘管到剛才為止都還想著李鹿……儘管已經覺得累到快死了，但心裡深處卻還是希望可以有東西再更激烈地抽插自己身後的洞。

若在上身緊貼著地板的狀態下晃動的話，那發腫的乳頭是否會自動磨蹭起來？他對思索著這種問題的自己感到相當厭惡。

「你在幹什麼？還不快繼續？我可沒叫你停下。」

儘管身體已經變成這樣，李韓碩也只是一副泰然自若的樣子躺在一旁滑手機，偶爾看著韓常瑮大笑，然後再回去認真低頭滑手機。

就這樣，不像剛才那樣發火或是威脅……只是讓韓常瑮那因自己的快樂而快要倒下的身體，像是成為房間內的一個靜態物品一樣，泰然自若地做著自己的事。

「呃……那個……我、我真的……再也……」

「搞什麼？幹麼無病呻吟啊？如果是一般人，大概早就昏過去了吧？」表示韓常瑮又不是一般人的李韓碩終究慵懶地起了身。

「你明明就因為還想射，所以老二還在那直挺挺地站著。」

李韓碩一如既往地用力抓著韓常璟的頭髮，力道大到讓人不禁懷疑，再這樣下去是不是連頭都會整個被拔起。

不，乾脆變成那樣還比較好，這樣的話，就不用再受到這些折磨了。

「你真的想停？」

「哈呃……對，我、我真的……不想繼續了……」

「嗯……」

李韓碩誇張地大嘆了口氣，一邊撫摸著下巴，並將眼神集中在韓常璟的醜態上，那被他視線掃過的每一個部位，都有種像是被刀砍的感覺。

「喂，我剛想了一下，乾脆就現在做好了？」

「……嗯？」

「因為覺得父親似乎不會放過我，所以我到現在都一直忍著，不過仔細想想，其他人怎麼會知道呢？怎麼會知道你跟誰做了？而且這也不是在你的洞上刻名字。」

在李韓碩語畢之前，韓常璟便用他那嚇到慘白的臉瘋狂搖頭，這怎麼跟先前說好的不一樣？當然……雖然確實有跟他約定過，不論何時都得照他的指示行事，但那不該是現在吧？

「哪……哪有這種的……」

「不要？那就算了。」

令人意外的是，李韓碩竟表示若霸王硬上弓，那根本一點興致也沒有，然後就輕易地退讓了。

「那剛才沒做完的，應該要繼續吧？」

「但……我已經……已經夠……」

「你只不過是插著毛筆就這麼有感覺了，我總不能讓李皇子得到全部好處吧？你必須好好搞清楚自己的處境，之後才不會做些無謂的舉動啊。」

李韓碩突然將手放入雙腿間，並慢慢地拉扯插在洞裡的毛筆，平滑的木頭筆桿和附著於毛筆上方的細繩掛環觸碰內壁的感覺，讓韓常環的腰部顫抖了起來。

「不過這東西變得這麼骯髒，似乎也沒辦法繼續使用……」

李韓碩用腳將沾染上墨水和精液的簿子踢開，過程中好幾層的紙張刺痛地掠過腳踝，明明就不會有多痛，但是韓常環還是自動發出了「啊」的叫聲。

也許是因為身體的一切感覺都變得巨大化，讓那根本就不算什麼的小小痛楚，也變得相當龐大。

「來吧，再繼續好好表現……」

李韓碩彎下身子，撿起了與剛才差不多大小的新簿子，以及放在旁邊的……那比之前插在自己身後的還要粗大許多的毛筆。

「少、少爺……再、再繼續……？」

「怎麼？你不是死都不想跟我做愛嗎？那就把剛才做到一半的事做完啊。」

韓常璟大致看了一下他手中的毛筆，那毛筆的材質不是木頭……似乎是像玉石那樣的厚重材質，而且也不知道是不是以竹子為設計風格，上面分布著像竹管一樣，有著固定間隔的邊線。

他開始害怕了起來，要是把那種東西插進去……一定會碰到比剛才還要敏感的地方，一想到筆管上那凸起的部分對著內壁又磨又刮的，自己的雙腿就變得癱軟無力，已經到達極限了，再也撐不下去了。

「幹麼嚇成那樣？我不是也說過了嗎？我討厭硬來。」

李韓碩露出惡棍般的笑容，推了韓常璟一把。他的膝蓋跪在了地上，屁股則是高高地翹起，那精力散盡的身體已經完全失去意識，就像個稻草人一樣，隨著李韓碩的帶領下動作。

「別擔心，在你先哀求我之前，我可不打算那麼做。」

李韓碩就像是打針似的用力打了韓常璟的屁股，也許是那軟呼呼的肉顫抖起來的感覺非常好，在三番兩次的舉手後，他甚至哼起了歌，同時探索起了韓常璟那溼透的會陰部，一副就像是在衡量什麼似的。

「反正你到時一定會先哭著求我插你的，我現在幹麼浪費力氣呢？」

淚水順著被壓在地上的臉龐流了下來，但是當內心所期望的粗大巨棒一碰到入口，韓常瑮便又不自覺地張開了嘴，那令人生不如死的高潮，又開始悄悄湧現了出來。

Whispers Through the Willows

第
04
章

「既然上面沒什麼指示，我想你應該可以好好休息。」

「是……謝謝。」

「對了，你剛才也看到了吧？那邊走道的門雖然在人進出的時候會自動開啟，但這裡的房門可不是，本來是要直接過來幫你設定密碼的，但是翊衛司說明天才會來，現在宮裡只留下最少的人員，大家都去忙著處理活動事務，所以現在沒人處理。」

「啊……殿下去哪了？」

「你不知道嗎？昨天……不，殿下前天緊急去了首爾。」

金內官擺著一副像是髒話馬上就要脫口而出的憤怒表情，握緊了拳頭。

「我們殿下真的是別人的出氣包耶！」

「發生什麼事了嗎？」

「不，沒什麼……就是因為沒有，才是問題啊。」

金內官表示還有一堆東西需要獲得許可，他忙到要瘋了，還不停地搔著頭，並一邊說著「抱歉，這可不是該在你面前說的話，你可別說出去啊，懂了嗎？」接著就慢慢地離去。

韓常環對著關閉的門鞠躬，抱著簡便的行李，將步伐往房間的中央移動。

雖然這是理所當然的，不過連花宮內規模最大的地方就是正清殿，也許正是因為這樣，它的別堂和廂房也比柳永殿大得許多。

這裡不知道是依照新主人李鹿的意思所做的新裝潢，又或是原本就設計成這樣，但這裡的所有家具全是黑白的，牆壁是白色的，別說是螺鈿漆器了，連門上的掛鉤裝飾也都是黑色的。

但奇怪的是，那將空間明確切割的黑色……竟然不會讓人感到冰冷。

沒錯，這正清殿的黑白色，讓人想起了李鹿。

不是那種像是要吞噬某物的深淵，而是當月光升起時，滿滿灑落在身上的那種溫暖的黑。

「這裡應該不用打掃吧？」

韓常環將包包放在房間的角落，然後慢慢地……非常慢地彎下了身子。

前天和昨天他都因李韓碩給予的痛苦折磨而失去意識，也許是因為痛恨著到死都堅決不要的自己，韓常環最後的記憶就停留在他被李韓碩丟來的硯臺打昏的畫面。

迷迷糊糊地睜開沉重的眼皮後，韓常環發現時間已經來到了正午，而自己就在住處裡面。雖然慶幸著自己身上穿著衣服，不過那四處乾涸的精液和濺到身上的墨汁卻依舊在那裡。

不論是腰部還是雙腿，韓常環全身上下都體無完膚。

他好不容易撐起身子，就在這時，申尚宮用著響亮的聲音敲響了房間的門，詢問自己是否已經準備好要搬去正清殿了。

一開始，因為沒什麼能稱作是行李的東西，所以感覺不會花太多時間，但是韓常瑮知道自己可不能以這副模樣出現在別人面前，於是便以自己睡了午覺為由，馬上奔向浴室。

他仔細地搓揉了好幾次，卻無法乾淨地抹去身上被噴得到處都是的墨汁。至於肚子或大腿之類的地方，因為不是會露出來的部位，所以就算了。

但他完全不想看到自己的指甲裡沾滿了黑漆漆的墨水，因為那不是別的部位，而是手的關係，所以很容易會進入自己的視線，而當他一看到那樣的指甲，就會想到李韓碩對自己做出的事情而感到噁心。

李韓碩本來是很厭惡韓常瑮的，既嫌棄又厭惡，而且還覺得韓常瑮很髒，還說自己就算再怎麼喜歡做愛，也不會想插韓常瑮那低賤的洞，但是不知道為什麼，他欺負韓常瑮的方向會突然轉變為執著於要與韓常瑮做愛。

「為什麼要停？你若不想馬上被帶回韓家，以後不論我要你做什麼，你都得做。」

「什麼？乾脆回去還比較好？哈哈，喂，但是你知道嗎？外頭可是有很多人都討厭李鹿的喔，只要父親下定決心，他也能給那些人力量，而且我們公司實際上也算與那邊的人維持著良好的關係。」

「之前說過你以後都得招待客人吧？意思就是你招待的客人中，有可能也會包含想把李鹿給毀掉的人。這很讚吧？你以後可能得盡全力招待那些可能會將李皇子給廢掉的人呢，會變成幫助那些朝你那如抹布般的骯髒洞裡，拉屎拉尿發洩的人將李鹿拉下臺。」

「你可別忘了，只要我說什麼，父親都會答應，要讓他將挑選你做愛對象的權利給我，也不是一件難事，明明就渴望與他在一起到讓你如此努力地扭動腰部，我想你大概也不想幫助別人毀了他，對吧？」

韓常環呆呆地站在新房間裡，並回想起李韓碩那些駭人警告，好不容易才像將頭浮出水面的人一樣，急促地吸了口氣。不久前還令人感到親切，那將門與窗裝飾得精緻動人的門檽紋路好似在指責自己，這裡並不是自己該待的地方。

這兩天在李韓碩那遭遇到的事……因為全都想不起來了，就像被挖空的底片一樣，中間空了一片白。不，不對……應該說打從一開始就沒有任何想得起的畫面。

搔這裡的話，心情就會好。

不，我要去正清殿。

真希望有人可以搓揉我的乳頭。

不行，不可以這樣。

好想再被多插一點。

啊，殿下……

韓常環就像個只會播放相同頻道的收音機一樣，腦海裡不停反覆著簡單的句子。最後的感覺……是怎麼樣？因為再也射不出東西，在像是刻意擠壓似的射精後，龜頭下方又再次被勒緊，除了原本就插在裡面的粗重毛筆外，另外還又插了兩根細的畫筆，並像個禽獸一樣扭動下身。

李韓碩看著那樣的韓常環，一邊指指點點一邊哈哈大笑起來，還三不五時地用自己的手手淫，然後再將精液噴灑在韓常環的背上。

對，發生了那種事……

韓常環呆呆地站著，並盯著帶有韓紙特有淡淡光澤的地板，然後抬起了頭，慢慢地端詳整個房間，皇子殿下給像自己這樣的人一個有著三個不相重疊的拉門，並會吹入宜人涼風的漂亮別堂。

「這麼做真的好嗎……」

哪怕只是一下也好，寧願被李韓碩抓住把柄，也要待在正清殿……是不是根本就不該這麼做？

活著的這二十幾年間，韓常瑮並沒有經歷過什麼特別的事情。

當然，他每天都得待在實驗室，這點跟其他人的日常確實是不一樣……除了做實驗的日子之外，自己每天都過著難以區分有何不同的簡單日子。

所以這個他初次遇見的世界和李鹿，對他來說是既是陌生又是神奇，認識李鹿之後發生的所有事情，老實說對韓常瑮來說都有點……太超過了。

只要想著李鹿，整顆心就會覺得緊張、覺得心癢癢到不知道該怎麼辦，在短短的時間內經歷了幾次心情飛上天，卻又突然摔至谷底的事情後，韓常瑮不禁思考，能跟李鹿在一起究竟是開心還是不開心。

「唉，這畢竟是我個人的感覺，只要我自己開心就好，但是……」

一想到自己的存在可能會為李鹿帶來傷害，韓常瑮便鬱悶了起來。

一開始只是想像著，當李鹿知道自己那殘破不堪的身體後，會對自己投以輕蔑的眼光，但現在聽過李韓碩的話之後，韓常瑮心中只有滿滿的恐懼。

如果自己的身體真的被拿來……以那種方式使用的話，那該怎麼辦？

萬一自己真的會成為傷害李鹿的幫凶……那就會因為愧歉他而不知道該如何是好。

韓常瑮盯著自己那被墨水染黑的指尖，就算他不停搓洗，也還是無法乾淨抹去的污漬。

這像是在訴說著自己的處境，儘管將設定手冊背得多完美，又小心翼翼地說謊，還是無法掩蓋自己既狼狽又卑微的樣子。

「夠了，別再繼續了……」

韓常璟緊緊抓住那快要爆炸的頭，蹣跚地走向剛才將包包放下的地方，左右搖晃著後勉強蹲下的他，看起來就像是一隻鴨寶寶。

「沒錯，我不是天鵝，我只是一隻醜小鴨……」

嘀咕著夾帶著自嘲的話語，韓常璟一邊翻動著包包，一邊將衣服拿出來並抖了抖，雖然說是整理行李，但他帶來的也只有幾件換穿的衣服和宮人們給他的禮物，根本沒什麼好整理的。

韓常璟翻看著脫線的舊衣下端，並再次環顧整個房間，然後坐在角落觀察了起來。這個房間給人的感覺又不一樣了，依照申尚宮所說的，芙蓉院是重要的客人住宿的地方，就算不是內廳長之類的等級，但從其他地方來出差的主要管理職們，都會住在這裡……

也許是因為這樣，這裡的房間不僅寬敞，連家具也都擺設得非常有效率，不過令人感到神奇的是，房間就算是這麼的寬敞，但不論是在何處，床與書桌的距離都讓人覺得很靠近，還有那雖然不知道是不是用韓紙製作的……但總是給人有那種感覺的白色壁紙，更是為眼睛帶來一種舒適的感覺。

最重要的是，一進到房裡便撲鼻而來的森林香氣，雖然柳永殿或原本的房間裡的野花香也很不錯，但是正清殿散發出的那既雄壯又充滿威嚴的木質香，也很令人喜愛。

只要一想到這些，當初甘願被李韓碩踩在腳底也要過來這裡的事，似乎就變得稍微值得了，想到這的韓常環不禁笑了起來。

「韓伊，是我。」

「呃？是……是！」

「你在裡面嗎？」

門的另一端所傳出的那令人喜悅的聲音，讓韓常環忘記自己的身體狀態，猛然地站起來後往前摔，差點就要將自己的臉往牆壁撞去。

「呃……」

關節發出了喀喀聲響，不，若只是這樣的聲響那倒還好，但也不知道是不是因為太急著起身了，腰有種閃到的感覺。

「怎麼了嗎？」

「啊，請……請進，我沒事，什麼事情都沒有。」

韓常環發著痛苦的聲音，一邊敲打著腰部，一副就像是在攀岩似的撐著牆壁彎腰起身。

遠處傳來隔扇門打開時就會響起的沙沙聲，那像是長長的衣服拂過地板，既溫柔又令人心動的音律，接著便響起了按下門上按鈕的喀啦喀啦聲，接著，他終於見到李鹿那好似陽光的臉龐。

「你過得還好嗎？」

「啊……」

雖然韓常瑮目前處於情感起伏激烈的狀態……但令人無言的是，還真的有一種要流淚的感覺，看到一對上自己的雙眼就露出清新微笑的李鹿，韓常瑮莫名地覺得感謝，悲傷的情感也跟著湧上心頭。

「雖然也才兩天而已，但卻有種好久不見的感覺，對吧？」

「是……」

「嗯？你沒帶行李來嗎？」

「啊……我現在正在整理。」

「這樣啊？」

看著那雖然說是在整理，但卻空盪盪的房間，李鹿驚訝似的環顧著房裡的每個角落，感覺就像在問「那些該不會就是你全部的行李了吧」。

李鹿歪著頭看著那小小的包包以及散落在前面的衣物，眼見此景的韓常瑮也許是覺得尷尬，便稍微往旁邊移動了半步，想悄悄地、小心地稍微擋住李鹿的視線，但可惜的是，自己那遠比皇子殿下還要矮的身高，完全阻擋不了李鹿的視線。

「我可以坐一下吧？」

「當、當然。」

韓常瑮跟著李鹿坐在床上，雖然件數的確很少，但自己一直都有洗滌乾淨，萬一李鹿問自己的衣服怎麼只有這些的話，韓常瑮心裡已經想好要怎麼回答了。

但是在看到自己那放在地板上的衣服後，也只不過是輕輕地點了點頭的李鹿，完全沒有再繼續問下去的意思，而是轉移了話題。

雖然在與李鹿相遇後就總是驚嚇連連，但這點對韓常瑮來說也是一種衝擊，原來普通人是不會嗆你怎麼什麼都沒有，也不會強求自己要快點回答啊⋯⋯

「如果有再布置得漂亮點的房間就好了，正清殿裡的房間全都是這種風格。」

「不不不，這樣很棒了，散發著香味，而且也很大⋯⋯」

李鹿也許一輩子都不會懂，他所施予自己的這所謂普通的溫柔⋯⋯是多麼地讓人想放聲大哭。

「喔？但是話說，你的手怎麼變成這樣？」

「咦？」

「難道你寫書法了嗎？」

「呃呃？啊，這⋯⋯這、這是⋯⋯」

面對韓常璟這副醜陋寒酸的樣子，都能欣然接受的李鹿突然抓住了韓常璟的手，雖然早就知道兩人之間的體格差異，也知道對方的手比自己大，但沒想到那差異居然有這麼大。

韓常璟親自比較過之後，這才發現，自己的手根本就像是小孩子的手。

「真是的……你過來一下。」

「怎、怎麼了嗎？」

「如果被墨水沾到手，本來就很難清掉。」

李鹿在拉著韓常璟的時候，雖然溫柔到連李韓碩都無法與其相比，但也許是因為這兩天經歷過的那一切而導致自己身體不適的疼痛，讓他無法輕易邁開步伐。

「嗯？你哪裡不舒服？」

「啊，沒有！是因為剛才搬行李，又打掃房間……」

看著韓常璟那不自然的動作的李鹿，就像是要指責什麼似的張開嘴巴，但是卻又在與韓常璟對上視線的瞬間緊緊閉起嘴巴，感覺就像是聽見韓常璟那希望自己別再多問的心聲。

「……總之，這沒辦法，只能先放著了，就算你每次想到的時候洗一洗讓它變淡，它也不會立即消失。」

儘管如此，李鹿還是表示用洗髮精和潤絲精搓揉，就能稍微讓顏色變淡一點，說完就將韓常璟推進浴室。

啊啊……韓常瞟現在才稍微感到安心，看來是因為李鹿不想看到自己這副模樣，所以才叫自己洗乾淨再出來的吧？

「殿下……？」

本來想在淋浴間拿出洗髮精的……但把韓常瞟帶進浴室的李鹿，似乎仍然沒有要出去的意思。

「快點拿過來，兩個都拿來。」

語畢，李鹿便打開洗臉臺的水龍頭，並揮動著手，確認水的溫度。

韓常瞟反覆地看著淋浴間和李鹿，他緊張地拿著洗髮精和潤絲精，既然他都下達命令了，那當然要照做……但是他完全沒想到，李鹿親切到會幫他開好水。

「來吧。」

李鹿將自己懷裡的洗髮精和潤絲精拿走，隨即那雙大手再次抓住自己那斑爛的手。

「殿、殿下？」

李鹿將洗髮精擠在自己的手背上，用那粗糙的指尖輕輕推開，搓出了泡泡。

「殿下……我、我可以自己來……」

李鹿就像是聽不見韓常瞟的聲音似的，默默地繼續做著他想做的事，小心翼翼地押著那變黑的小指甲，和指甲下柔嫩的肉，然後再用水將泡沫沖掉。

「呃呃……」

當李鹿的手突然伸進自己張開的指間時，以為李鹿要跟自己十指交扣的韓常璟緊張地抖了一下，但李鹿也只是以一副毫無私心的臉，搓揉著韓常璟的指間。

「怎麼了？你在想什麼？怎麼那麼驚訝。」

「我、我……我沒想到墨水滲透到了那裡……因、因為覺得雙手被抓住的感覺……有點奇怪……」

「真是的……明明就一副像是什麼都不懂的樣子，但你又是怎麼知道這種信號的？」

「信號？這是什麼意思？」

在測試身體敏感程度時，那個部位也曾是實驗對象，因為那突出的部位是被特別開發的部位。而現在卻有當時那樣的感覺，這讓韓常璟感到驚訝，但像這樣纏著手指，有什麼特別的意義嗎？

「這個嘛，你覺得呢？」

「呃……對不起……我有太多不懂的事情了……」

跟這種傻瓜對話，究竟有多麼鬱悶呢？在韓常璟基於愧疚而蜷縮起來時，李鹿反而更驚訝地搖了搖頭。

「唉，沒有啦，我真的不該對你開玩笑，我只是在開個玩笑而已，你別放在心上，我以後不會再那樣說。」

李鹿誇張地嘆了口氣，表示自己有種做了虧心事的感覺，然後再次將注意力專注在幫韓常環清洗的這件事上。

「……其實我很擔心你，因為我可說是給了韓常環重重的一擊。」

韓常環差點就要說出「不久前嗎？不過我也不怎麼痛呀」的愚蠢回答。所以在李鹿的認知裡……李韓碩就是「韓常環」，儘管這是最需要小心的部分，但在跟他講過幾次話後，心裡就總是變得鬆懈。

「其實我本來想馬上把你帶來這裡的，但是首爾那邊緊急叫我過去，所以我得馬上行動。」

李鹿像是孩子一樣發起了牢騷，表示已經有料想過了，但首爾那邊確實又因為一些雞毛蒜皮的小事將他叫過去，而自己也不過在三十分鐘前，才回到連花宮。

「應該沒有發生什麼事吧？我為了以防萬一，還讓人跟著你呢。」

「……是。」

韓常環能感受到李鹿在那近在咫尺的距離下仔細觀察著自己，也許是在擔心韓常環是否有哪些地方被李韓碩揍了吧？

「太好了，我今天還有事情要去處理，那你先好好地休息吧……」

李鹿將手背上的泡沫洗淨，關上水龍頭。

雖然不知道是不是自己想太多了，但韓常璟有發現，指尖的污漬確實比之前還要淡。

「明天開始，就開始正式讀書吧！」

「真、真的嗎？」

「當然啦，而且我還要給你作業呢。」

軟綿綿的毛巾包覆著被水浸溼的雙手，透過那厚實的布料，仍可感受到他輕輕按壓以擦拭水氣的動作，韓常璟不安到無法將頭抬起。

「啊……仔細地看了看這裡，在我們開始讀書之前，似乎沒有適合拿來用的書。」

李鹿發現書桌空盪盪的，搔了搔頭。

表示自己事前都沒想到這個問題，書桌本來就已經夠大了，但目前左右擺放的抽屜櫃和書櫃都是空的，讓整個氛圍看起來也就更加空虛。

「嗯……但我用過的已經很老舊了……沒辦法了，明天讓司書推薦我一些書，然後再去下訂。我不會訂那種要準備考試或模擬考的題庫，會找一些能輕易閱讀的書籍，而在書來之前，我想，就來讀實錄解說和史觀概要好了……這樣，應該沒問題吧？」

韓常璟大力地點了點頭，其實也沒有什麼問題，只要是李鹿給的，當然就是好、當然就是無條件地感謝。

「話說回來，雖然書也是個問題，不過這個房間……真的太空虛了呢，我那裡應該還有沒用過的筆記本，我去拿來給你。另外……喔？」

環顧這四周，並散發著一股熱忱的李鹿突然歪了歪頭。

「這並不是正清殿的物品啊？這裡怎麼會有畫具？」

畫具？跟著將自己的視線轉向李鹿目光所及之處的韓常環……全身瞬間凝結，這整整兩天折磨自己身後的那些毛筆，就像是裝飾品一樣，成排地懸掛在書桌的側邊。

這、這些東西怎麼會在這……

韓常環陷入恐慌，瞳孔左右不停來回轉動。

他根本就不知道……就連抽屜櫃的最下面一層，也插了好幾本的筆記本。

現在仔細看來，這些東西似乎不是本來就存在於此的裝飾，因為表面被水沾溼而膨脹，所以看起來，這些紙張的狀態也不怎麼好，書脊中間的痕跡也很鮮明。

這一定就是將自己不久前的淫亂行為，原封不動地記錄下來的那幾本筆記本。

在這與李鹿相像，既明朗又端雅的房間裡，耳邊大聲響起了李韓碩那低級的笑聲，感覺就像是在鄭重地警告自己，別忘了自己的本質為何似的。

「啊……」

不論是用鑿子、槌子什麼都好，真希望現在可以有誰用尖銳的東西將自己擊碎，韓常璟想就此成為一個根本就不存在於這個世界上的人。

「是你另外帶來的嗎?嗯……不過在我看來,你的手很小,比起那種尺寸龐大的用具,還是選擇你比較好握在手裡的筆會比較好。」

看著那反覆衝撞著自己極限的大毛筆,李鹿伸出了手。直接在陽光下一看,順著邊緣,上頭刻畫著小小的印記,那是柳永殿裡常見的漢字與圖樣,居然用如此貴重的物品,來做……那種事?這下令韓常璟更是抬不起頭來了。

「總之,這筆就由我……」

「請、請等一下!」

也不知道是哪來的力氣,韓常璟將李鹿用力推開,並張開雙臂以大字形擋住了毛筆所掛之處。

突然被向後擠的李鹿盯著自己,似乎是因為至今為止表現得如此乖巧的韓常璟會做出這種行為而感到相當訝異。

雖然被人突如其來地拒絕,但他可是一名皇子,這應該是他第一次被某人這樣推開吧?

「啊……抱歉……」

李鹿不動聲色地看向瘋狂顫抖的韓常璟,以及他身後擺放的柳永殿的物品。

瞧他不停地欲言又止,就知道他似乎有很多話想講,但是卻因為看到自己不尋常的表現而忍了下來。

「對……對不起，對不起，殿下……」

莫名其妙地就被自己善待的人拒絕……這該有多麼令人慌張呢？

但韓常瑮還是不希望李鹿的手去觸碰到那骯髒的東西。

況且李鹿之前能一下子發現自己的身體很不尋常，雖然這有可能是自己的過度幻想，但總覺得他若碰到那支筆，似乎就能察覺到自己用了那東西做了什麼。

「您一定嚇到了吧？很……很抱歉……」

「不，畢竟是我先隨便伸手的……」

「韓伊？你在哭嗎？」

李鹿像是要安撫韓常瑮，笑著表示是自己的錯，這反而讓韓常瑮為難低地下頭。

「不……沒有，我沒有哭……」

現在的情況簡直是糟透了，在無法向他作出任何說明的情況下，甚至還無法控制自己的情感，這樣的自己，該讓他有多麼煩悶呢……他還讓李鹿因為擅自伸手想碰觸自己的東西，而向自己認錯。

但這個宮的主人是他啊！

「對不……嗚呃……對不起……」

「這……」

看著眼前這個先將自己推開，卻又哭著道歉的韓常瑮，李鹿帶著心煩意亂的神情不停地原地踏步，原本抓起了衣袖，像是想幫韓常瑮抹去淚水，但又覺得這樣似乎不太妥當地退開，似乎在擔心若是又嚇到韓常瑮又該怎麼辦。

「韓伊。」

「……」

「我看你似乎挺鬱悶的，就當作是轉換心情，我們出去外面透一透空氣吧。」

沒聽錯吧？他說要出宮？

韓常瑮被李鹿那意想不到的提議嚇了一跳，立即停止哭泣。

李鹿這才終於放心地鬆了一口氣，看著李鹿那一副像是要讓自己，做出誇張的聳肩動作，那身處於惆悵之中的韓常瑮這才笑了出來。

「我正好在首爾受了氣，而感到鬱悶呢。」

「……」

「我們去外面吹吹風……喔，嗯……然後我也買點好吃的給你。」

李鹿本來想要用手拍著大腿附近，卻似乎有點猶豫，像是下定決心了似的，再次將手伸向了韓常瑮的臉。

「所以啊，你別再哭了。」

「……」

「嗯？」

那雙大手一包覆住被淚水浸溼的臉，就自動抹去了臉上的淚水。

他明明不知道韓常環為何哭泣，但李鹿卻像是在對韓常環說，沒關係，一切都會沒事。

身後傳來了多次的巨大的喇叭聲，韓常環帶著忐忑不安的心情，一直將頭望向側視鏡，而且這並不只有那一臺車，他已經數不清這是第幾臺車了。

「沒事的，因為違反規定的人是他。」

李鹿表示平壤本來就是個以駕駛人開車粗暴聞名的地方，便用若無其事的模樣，閃了兩下遠光燈。

「喂！你要是想開這麼慢，那乾脆就去搭牛車算了，幹麼開車啊！」

身後的駕駛人，忍不住搖下車窗，吼著難聽的話。

牛車……我們的速度有這麼慢嗎？

但是李鹿一點也不在意，露出笑嘻嘻的表情。

「怎麼辦?那個人好像很生氣。」

「啊，因為我剛才罵了他。」

「咦?我沒聽見呀……」

「像這樣閃兩次遠光燈的話……」

「你這個瘋子?大概就是這個意思，畢竟那個神經病真的太放肆了!」

「這個燈是開車的時候，用來罵人的。」

嗯……韓常琛不停地撫摸著無辜的安全帶，努力無視那連續響起的嘈雜聲響。

「這裡是急轉彎區，時常發生交通意外，得小心才行。」

比起嚴格的鄭尙醞，李鹿讓好對付的金內官拿來那沒有掛著慣用車牌的普通車。

李鹿載著韓常琛開心地踩著油門，徜徉在那條路上，看他一副吊兒郎當的開車模樣，就像是一名賽車手，但其實為了遵守市區所規定的速度，整臺車正以恰當的速度緩慢前行。

「那個……殿下。」

「嗯。」

「我們現在要去哪裡?」

「我本來想去浮碧樓或是乙密臺的，但是聽說那裡現在整個被管制中……所以我們現在正前往綾羅島，那裡有市政府所打造的休息區和觀景臺，非常不錯喔。」

「綾羅島？」

「對，綾羅島在大同江那邊，說在水面之上的垂柳，就如絲綢般地散開，所以才會被取那樣的名字，我想在綾羅島應該也看得到牡丹峰吧？」

雖然沒在天黑的時候去過……李鹿含糊地說道。

「去綾羅島也沒關係嗎？」

「啊啊……嗯，應該吧？」

避開了確切的回覆，李鹿按著儀表板的周圍。

「韓伊，你要聽音樂嗎？」

仔細想想，他似乎是偷偷做了不能做的事，既然如此，那就不該再追問下去。

韓常瑮再次望向車窗外，右邊的車道有兩臺保持著適當距離的黑車跟著，不過也許是因為李鹿的反感，那些車並不是掛有上面刻了鳳凰或木槿花車牌的車。

韓常瑮雖然也是第一次搭車外出，不過對於無法獨自行動的李鹿而言，似乎也差不多一樣。

儘管他親自開車出宮，也擬定了隱密的行動計畫，仍然會有人理所當然地圍繞著李鹿。

雖然知道這想法很不自量力，但是韓常瑮莫名地在李鹿身上找到了同感。當然，他怎能拿皇子殿下與像自己這樣的人做比較呢……

基於韓常瑔也認為李鹿或許從來沒有真正地做過的自己，就覺得這樣的他與自己似乎有點相像，心中也出現了放肆的想法，想安慰他那寂寞的心。

「你喜歡什麼樣的音樂？」

「我啊……這個嘛……」

在等待紅綠燈的期間，李鹿伸手按了手機上的幾個按鍵，儀表板便閃閃發光，出現了某種信號。

「咦？這好像故障了！」

「嗯？啊，不是啦，這是連接上了藍牙。」

「總之……你喜歡什麼樣的音樂？」

這樣算是學習的一種嗎？呃嗯……皇室成員從小開始所見所聞就很多，在音樂方面似乎也有很深的造詣。

韓常瑔所知道的音樂，也就是在趙東製藥的研究所內，於下班時間會響起的通知聲而已。

「叮叮叮！通知，今天是家庭日，請各位員工不要聚餐，於整點準時下班。」

雖然通知內容也完整地記在腦海裡了，但這似乎不能稱作是歌詞。

「嗯……我……」

看到韓常璟閃爍著目光望著自己，李鹿不知怎麼地驚慌失措地摸了摸耳垂。

「喔……嗯……我喜歡那個，浩室音樂？爵士？不是有那些種類的音樂嗎……」

就在李鹿試圖說明什麼的瞬間，為了變換車道而隨意放上支架的手機稍微晃動了一下，同時還從擴音器裡傳出了響亮的《珍島阿里郎》。

「可惡，怎麼這個時候播放了出來……」

正當韓常璟想仔細聽聽那悅耳的曲調時，李鹿便紅著臉隨便按了按方向盤上的按鈕。

當他一按下按鈕，畫面上的歌曲名稱不停轉換，玄鶴琴的散中調、牙箏散調、炒栗子打令……看到這些曲名不停地出現，李鹿像是放棄似的放慢了動作，最後出現了一曲名為《太平歌》的歌曲。

生氣又有什麼用？

韓常璟慢慢地點了點頭，嗯，這歌詞不錯。這對自己來說，應該是一首帶著必要訊息的好歌曲吧？

「真是要瘋了……」

「嗯？」

紅燈正好亮起，李鹿輕輕地踩著剎車，一頭撞向了方向盤。

「呃，殿下？您還好嗎？」

「……不好。」

「咦？您哪裡不舒服嗎？」

「不，不是那樣啦……」

是因為覺得太丟臉了，雖然李鹿是低著頭小聲嘀咕著，韓常璟並沒辦法明確地聽清楚他在說什麼，不過他似乎是那麼說的。

「管他是爵士還是什麼的……我只是因為想在你面前看起來很厲害，才會隨便說的。」

「啊……抱歉……我聽不太懂您在說什麼……」

「但我沒想到我常聽的歌單會這樣突然……」

《太平歌》的副歌就這樣絲毫不顧李鹿的情面，打斷了李鹿的話語，大聲地響了起來，李鹿憤怒地快速按下了靜音鈕，不，應該說幾乎是將整個手掌打向了手機，別人看了還以為他在打蚊子呢。

「呃，歌很好聽的說……」

「呃呃……」

「真的啦……」

正當韓常璟生疏地嘀咕著剛剛聽見的歌詞「生氣又有什~」的時候，李鹿便揮了揮手，要韓常琛別再繼續下去了。

「……不論我想不想，有時候還是得在某些活動上露臉，大多是皇室成員們出席的活動，所以其實都差不多……」

「啊……所以得把這些歌曲背起來嗎？就算不喜歡也還是要背？」

「……不，不是那樣啦，就……有點那個啊。」

雖然喜歡什麼樣的音樂屬個人喜好，但一想到身為皇子的他連平常也都在聽國樂或是打令，不會覺得有點討人厭嗎？李鹿帶著尷尬的臉嘀咕。

「為什麼會討厭？」

「就……看起來不是很自戀嗎？」

嗯？這樣不好嗎？他無法理解，李鹿的確是個令人著迷的人啊。

韓常琛悄悄地用後照鏡看著正在開車的李鹿，那麼帥氣的男人，若自己是李鹿的話，應該也會迷上自己吧？

「我知道在這個時代，不論是君主立憲還是皇子什麼的，都有點可笑……但是連皇子聽的音樂也是這種音樂……」

「反正我什麼都不懂，不論是音樂還是類型我都不懂……所以在我面前的時候，您就自在地聽自己喜歡的音樂吧。」

無法在他人面前做的事情對我來說也不是怪事，哪怕只是一點而已，稍微放縱一下也沒有關係。

「哈哈。」

感覺就像是終於找到一件可以為李鹿做的事情，韓常璟如此開心地道出這些話，李鹿這才收起尷尬的神情，大笑了出來。

「啊，我真的……」

看到臉頰上深陷的酒窩，看來皇子殿下也打起了精神，太好了。

韓常璟想著，光是他帶著突然哭泣的自己出來，甚至至今為止也什麼都不過問，就已經夠感謝他了……若是在安慰自己的過程中，讓他變得垂頭喪氣的話，那自己一定會歉疚到無法忍受。

「啊，我們到了。」

不知道是不是事前已經接到了指示，停車場的柵欄機擋桿是開著的。

一進到裡面，花草樹木隨風飄逸所發出的「嘩嘩」聲響，便像樂器演奏似的在耳邊響起。

韓常璟想起了剛才在車裡聽過的幾首歌，特別是那些沒有歌詞的演奏曲，感覺在這個地方似乎很適合聽那樣的音樂。

「這裡原本可以自由進出的，但因為下游的碼頭那邊目前在施工，這裡晚上會進行管制，畢竟施工途中可能會有危險。」

仔細一看，這裡四處都閃爍著寫上小心字句的告示牌，看來是為了讓車輛在黑暗的道路上也能找到路吧。

「雖然叫觀景臺，但其實它也沒那麼高……我們要不要上去看看？」

李鹿以下巴示意，指了指樓梯，雖然不是陡峭的坡度、高度也不高，但以現在的身體狀況來說，韓常瑮還是很難裝作若無其事地爬上樓梯，就連下車的時候，也為了看起來自然一點，做出了很大的努力……

「……好。」

韓常瑮對於剛才大力推開李鹿的事情，一直讓他感到過意不去，這也使得他完全無法拒絕李鹿的指示。

他大大地吸了一口氣，開心地跟在李鹿的後面，連李韓碩要自己做的事都做了，只不過是上個樓梯，有什麼好不行的。

「啊……韓伊。」

走在前面並觀察著四處的李鹿含糊其辭地「啊啊……」了兩聲，便看向了身後，然後就像是陷入沉思似的，站著三七步望向了天空。

「啊！」

還以為他看見了星星，韓常環便跟隨著李鹿的目光望向了天空，但李鹿卻像是突然想到了什麼有趣的事情一樣拍了拍手掌，改變了韓常環周圍的氣氛。

「你知道剪刀石頭布吧？我們就用這個一邊打賭，一邊上樓吧！」

李鹿表示這就是一個贏的人往上移動一階，而輸的人待在原地的遊戲，雖然很平淡無奇，但應該是一個人人都玩過的遊戲。

「要是我一直輸的話該怎麼辦？」

「你不會一直輸的。」

「因為我真的很不會猜拳……而且我的運氣也不怎麼好……」

「那如果我贏超過三次……總之要是你一直輸的話，那我就背你上去，畢竟一直待在下面就太可憐了嘛！」

「殿下您要背著我爬上樓梯嗎？」

「相反的，如果你贏我超過三次，那你就要背我上去。」

那不論是贏是輸，都會有問題耶……

就在韓常環慌張到還在結巴的時候，李鹿便大聲喊著不出拳的人就算是輸了。

被突如其來的那聲高喊而嚇到的韓常環隨便出了拳，而他也理所當然地輸給了李鹿。

李鹿微微地笑著並向上走了一步，然後又一次次伸出了手……

要說是打賭，但其實也沒下任何賭注，這只不過是一場再簡單不過的無聊遊戲罷了，但奇怪的是嘴角會不自覺地露出微笑，有時候也會連續輸個兩局。

儘管他站在比李鹿所踩的階梯還要高兩階的地方，韓常璟仍然看不到李鹿的頭頂，站在下方的李鹿開玩笑地將手朝自己的額頭與韓常璟的頭部比了比，取笑著韓常璟那比自己矮小的身高。

就這樣你追我趕、時前時後地爬著，很快就來到了階梯的盡頭。

也許是因為動作緩慢，韓常璟的身體並沒有感到太大的不適。

「哇……」

來到了觀景臺，在那有青紗燈籠照亮的巨大八角亭對面蜿蜒著的大同江，以及平壤市區內的全景盡收眼底，韓常璟張大了嘴，專注在眼前這個生平第一次見到的夜景。

建築物的黃色燈火、汽車的車燈……此刻有種自己站在整個都市中心點的感覺。

「很漂亮吧？」

「對，實在是太漂亮了……」

「這地方明明那麼漂亮，但要愛上它卻花了點時間呢。」

靠向看美景看到出神的韓常璟，李鹿不以為意地說著。

「當我成年並成為親王後，就得住在漣花宮……大概是在我八歲的時候就很清楚地知道了。」

李鹿雙手交叉在胸前，並將目光稍微向下看。

那將脖子和腰部挺得直直的，不低下頭、僅是動著眼睛盯著東西看，似乎算是李鹿的一個習慣，但也許是自小受到的教育的關係，他才會擺出這樣的姿勢……

「當時的漣花宮使用的字是漣接的漣、溫和的和，說因為近年來漣花宮是第一個新蓋的宮，所以才會故意選了那些漢字，永恆的繁榮、反覆的榮耀、無盡的喜事……就這樣成了帶有那種意義的吉祥之處。」

李鹿悠悠地望著江面上的觀光遊船，反射著明亮的船和高聳建築物燈火的水面散發著閃閃金光，但也許是因為天色已暗，李鹿的表情有點難以解讀。

「一開始因為早在動土前就已經決定好了，這名字也一直都用得好好的，但後來一內定為我要住的地方後，他們就突然把漢字給改了，把和改成花朵的花。」

「這樣……不好嗎？花這個字。」

「這個嘛……雖然花是沒什麼問題啦……」

李鹿一邊苦笑一邊說著。

「因為其中包含了要我去那當個無用處的漂亮花朵、一輩子就過著那樣的生活的詛咒，心情當然不會好囉。」

我記得他們好像是說，那樣太子日後才能揚眉吐氣……只因為那樣的迷信而更改了宮殿的名字。

雖然現在想起來也覺得很令人無言，但當時皇帝的意思堅定到令人多少覺得有點奇怪，最終外廳和內廳全都舉起雙手雙腳，點頭表示會奉令行事。

聽說皇后阻止了皇帝，表示若這是為了太子，那這件事根本完全起不了作用，還說這樣的行為只是個開始，以後還會持續發生，但是父親卻為此發了很大的脾氣，並無視了母親的阻攔，最終這件事還讓兩人之間的關係開始產生裂縫。

那時的李鹿正在濟州島國際學校念書，雖說是要他離開光化門，去看看並熟悉那寬闊的世界，但與其說是一種教育他的方法，不如說是放任李鹿。

最重要的是因為覺得身為太子的兄長還太年幼，不太能出四大門之外的地方。

雖然曾難過地在飛機裡苦思著，為什麼比兄長還年幼許多的自己，會像是被趕出去似的前往濟州島，但這個問題的解答，是直到李鹿長大後的某一天才終於找到。

「不過這是我的私事，當以國民的身分來想的時候……我卻不覺得父王有什麼問題，就算不算是聖人君子，但他也沒做出過於違背自己本分的行為，不僅努力奉獻，也慷慨地支援史料及文化遺產的研究……作為君主立憲制的皇帝，他的表現也不算差。」

「可是……」

「沒錯，他在我面前，從沒扮演過一個好父親，但就像我剛才說的，這只不過是我的個人問題罷了……正確來說是他人沒必要知道、也沒有理由為我顧慮的私人原因。」

當然，父親也沒有對自己破口大罵又或是拋下自己，但小時候因為父親的冷漠視線，和僅針對自己的禮法，李鹿也曾一整天感到痛苦，有種像是被狠狠毒打了一頓的感覺……

而當李鹿領悟那並不是身體上的不適，而是內心受傷時，李鹿也明白了自己的身體與普通人非常不一樣的事實，更明白到自己這一輩子與家人間的距離，是不可能再拉近了。

「對人們來說那並不重要，也許就算是在古時候，狀況也差不多吧？畢竟比起既無能又體貼家人的王，有能力又對自己的親骨肉冷血的王，才能在國情上發揮更大的作用。」

「所以……」李鹿的這句所以拉得很長，其中還夾帶著嘆氣聲。

「有時沒人能讓我訴說自己的寂寞與痛苦，真的讓我很難過。就如你所知道的，我是被稱為Alpha的突變體，所以不論是對任何人，甚至是對自己最親近的家人，我也無法發牢騷。」

回頭看向韓常瑮的李鹿依舊維持著直挺挺的姿勢，眼角則是充滿了精神，看著他那明明是訴說著自己軟弱的一面，卻仍堅硬挺拔的樣子，似乎反而更能感受到他的寂寞。

儘管韓常瑮即將離開宮裡，回到令人動彈不得的趙東製藥訴說著自己的故事，但又無法完美忘記李皇子的面貌。

韓常瑮對於他人突然向自己席捲而來的悲傷感到陌生，甚至可以說是有點吃力，但心裡卻莫名地出現，想摸一摸眼前這個比自己還要高大的李鹿的頭，安慰安慰他的想法。

你做得很棒，你現在也表現得很好……雖然想像在書上看到的那樣稱讚李鹿，但以目前來說還是沒有足夠的勇氣。

「哎呀，不知不覺就講了一堆廢話……總之，我覺得因為我是這樣的人，所以我想我應該也能更理解你。」

「我……？理解？」

「嗯，理解。」李鹿一邊說著，一邊將頭靠向了韓常瑮。

「因為你也只能在韓常瑮身邊過活啊，而且我聽說，你從非常小的時候開始就在那裡了。所以我想，這應該不是你自己的選擇，而你似乎也有很多無法向人訴說的難過事情。」

「啊……」

「的確有發生過什麼事吧？我是指我不在的時候。」

李鹿的視線似乎拂過了韓常瑮那被墨水沾染到洗不淨的指尖。

「我並沒有要追問或是追究……只是如果你發生了什麼令你感到心煩意悶的事，那我想聽你訴說，因為你看起來就跟我一樣，是一名沒有任何依靠的人。」

他的眼神雖然繼溫柔又溫暖，但比起那露骨的眼神，他更是有著能讓韓常瑮感到無力、變得柔軟的力量。

喉嚨就像是卡到什麼東西似的，有種澀澀的感覺，而那不懂得察言觀色的喉嚨，似乎像是在代替眼淚似的，不停地乾咳了起來。

「儘管不是現在，也好，我來教你讀書，然後晚上再一起偷偷吃好吃的……我是為了跟你一起做這些事情，才讓你待在正清殿的，到時你隨時都能告訴我。」

「……」

「別像剛才那樣獨自哭泣。」

啊……根本沒人教過自己這種時候該怎麼反應才好，微風吹來，樹枝也微微地搖晃著，韓常瑮一遍又一遍地琢磨著水面上搖曳的長長光束，皇子殿下都如此體貼地安慰自己，要自己別哭了，現在可不能哭啊……

「那個……我……」

要告訴殿下……告訴他……自己的故事嗎？

哪怕只是一點點也好……

「怎麼了？」

「沒……沒什麼……」

在韓常瑔含糊其辭地表示自己只是覺得江水很美麗時，李鹿便抱怨起韓常瑔的無趣。因為自己的祕密就算破成了碎片，也依舊非常龐大，韓常瑔完全不知道該讓李鹿知道什麼，才能夠讓自己不會失去這樣的人。

「我……」

李鹿本想繼續說下去的，但他夾克口袋裡的手機卻剛好大聲地震動了起來，確認過手機畫面的他，就像是咬了非常苦的藥似的，整張帥臉皺得非常難看。

「真是的，看來他們就是不想看我過得太舒適。奇怪，我也沒過得多爽啊。」

「啊，您說過今天有事吧？」

李鹿再次將手機放回口袋裡，悶悶不樂地點了頭。

「雖然很可惜……但我們今天就到此結束吧？」

「對不起，都是因為我……」

「不，其實是我自己想逃走啦。」

李鹿說要像剛才那樣，一邊猜拳一邊下樓，而因為觀景臺既寬敞又安靜，所以就連李鹿所吹的那小小口哨聲，聽起來也非常響亮，那是在車裡稍微聽過一點的太平歌。

看著站在樓梯入口，看向自己並伸出手的李鹿……韓常瑔突然想起了過去在別墅裡，那總與自己相依為命，邊角已經磨損嚴重到被研究員扔掉的童話書。

主角因為忘不了在森林裡偶遇的王子殿下，便倚靠著破舊的窗框，思念著那不會再有第二次、如魔法般的時光，看著主角那副樣子的小精靈和小動物們帶著擔心的神情，對主角說了這樣的話。

啊啊！可憐的孩子！都已經如此警告你了，愚蠢的你還是愛上了王子殿下呀。

日事錄，李皇子李鹿第二十三本，九月二十五，星期五。

序、用完早餐後，與母后和勤禮院的幾名大臣們稍微對於本皇子成婚一事，做出了討論。既然已經平安無事地完成了海外巡防，現在就必須盡早解決這歷經兩年多的時間，仍無法達成協議的問題。

一、本皇子清楚地明白包含勤禮院在內的所有臣僚，都對本皇子成婚一事費盡苦心，雖然眾人為了慎重地掌握問題而努力的樣子非常值得讚許，但目前因有許多必須去做的事，故無法再繼續拖延時間了。

二、因此，本皇子為了結束這個無法下結論的服裝問題，便說出了「在有必要的時候，是否能將原有的詞彙更改使用呢？若每天都要考慮陰陽為何，顏色的調和該是如何，那乾脆就讓我穿紅色婚禮服就好，我的皮膚白，而且又是屬於冷色調，算是很適合紅色。」這種多少聽起來有點輕浮的話。

三、我知道這是不適合用於會議上的表現，雖然我以寬敞的心胸，做好了接受任何破天荒提案的準備，但母后卻因本皇子那不適切的表現而感到驚慌失措。

「嗯……殿下，這個您似乎要重寫。」

鄭尙醞從一旁偷瞄著李鹿今天所寫的日記，看到內容後搖了搖頭。

「嗯？為什麼？」

每天都有一定要寫滿的分量，但今天卻離結束還有很長一段距離。

原本就因為內容沒什麼好寫的，所以故意把字句拉長了。

但結果……什麼？重寫？

李鹿憤怒地瞪向了鄭尙醞。

過去在朝鮮時代，雖然有著王和世子所寫的日記，但從來沒有連在那之下的什麼什麼君也每天留下紀錄的事情。

皇室嫡系後代每天都要寫日記……這大概是從前前代祖先開始的吧？

雖然記不清楚了，但總之這並不是多悠久的傳統，只有自己一個人得辛苦地寫這些的太子，不爽到在他一登基就讓那些在宮內，儘管是上位者，但只要是被稱為王族的人員們全都要寫日記，對此還親自賜予了宣紙及毛筆。

「雖然知道您覺得很煩，但是您怎麼能將自己說過什麼話，寫得如此露骨呢？這一定會被退回的。」

「啊，反正那是正式會議，史官們都有把我說的話記下來啊！」

李鹿作為皇子，從識字開始，便用那軟呼呼的小手到現在長大成人，每天都必須要寫日記。

在他小時候有皇后和奶媽代替他寫，所以日記本的數量也如他的年紀般一點一滴地累積了下去。

雖然說是日記，但那內容根本是在編造完全沒有發生的事情，並告解每天所作所為的反省文。

不論如何，這是每天新創出來的史料之一。

司書、史學系的教授和可憐的研究所學生、讀了之後就得在升學考上書寫，甚至連學習韓國史的年輕學子都非常討厭這件事。對此表示，「希望皇室成員將日記寫在自己的手機裡給自己看就好」，但這該死的傳統卻並未這麼輕易地消失。

「該死的，我若是造反的話，一定是因為這個該死的日記。兄長明明就答應我一定會廢除這個制度，為什麼到現在還杳無音信？」

李鹿曾清楚地聽過那以性情溫柔聞名的叔父成親王如此嘀咕著。

「以後後代子孫看了會覺得有多可笑？日記裡的本皇子怎樣怎樣的，寫得一副像是很有威嚴的人一樣，結果一翻開實錄，不就能看到我在會議上到底說了什麼嗎？」

「這……」

「然後在我死後，**華親王那輕蔑的廢話成為新聞特輯**，搜尋引擎上應該就會以這樣的標題刊出，評價院也會將其作為模擬考的問題吧？既然如此，那打從一開始就誠實地記錄就好。」

李鹿表示就算自己死了，也不願看到那副光景，便毫不猶豫地振筆疾書了起來。

雖然現在是個連書也用手機來閱讀的數位時代，但是宮中仍遵循著老舊的形式。

全部都是用手紀錄，用那磨墨後以毛筆書寫的日記曝曬在陽光下曬乾，接著拍照、掃描，做出備份檔案。

最後用那種方式製作出的單篇日誌整整齊齊地蒐集好，在隔年春節之前，經過最終檢查之後，蓋上包覆著綢緞的厚重封皮，將其穩固地綑綁，這才將一本完整的日誌完成。

「話說回來……在殿下您提到自己的膚色是冷色系什麼的時候，我心裡就想著我的飯碗要不保了呢，您也看到了吧？皇后娘娘就像是想殺了我似的看著我……」

哇，光是回想起來，就讓鄭尙醞紅了眼眶，娘娘的兒子會說出那種話、會變成那樣，可不是我的錯啊，為何要如此對待小的……

「但說真的，我說的也沒錯啊，我搞不好某天真的會帶個普通男人回來，說我要跟他舉行國婚啊，那到時候你要怎麼辦？」

「嗯？您帶回的如果不是像趙東製藥那樣財力龐大的家族，也不是Omega的普通男人，那應該不叫國婚，而叫國喪吧……」

「……總之，若要如此追究，那不符合現況的事情，也不止一兩個。」

李鹿無視了鄭尙醞的話語，只是繼續說著自己想說的話。

「翊衛司過去只是對東宮的護衛所使用的詞，但現在不是了啊，賓禮時將三足鳥圖樣立在場地正前方，也是過去沒有的事。」

「呃？這跟那可不一樣。」

「有什麼不一樣？光是尙醞這個詞好了，這個字以前也不是指直屬祕書啊。」

「唉，那可不是嗎？其實以我現在的心情來說，我還倒希望自己能像朝鮮時代那樣從事釀酒的工作呢。」

「……總之，我跟勤禮院就是合不來。」

「唉，有任何與您合得來的部門嗎？」

就像人們所說的，若現在能用手機或平板來寫日記的話，那該有多好？

李鹿討厭那些追究著規定的規範是怎樣、道理是如何，而根本不去思考要改變那些真正煩人的事，但卻在自己需要的時候，將既有的詞語隨便做更動的人。

當然，皇室是個以依靠不變的古老價值來獲取生命力的集團，而他們也利用了這一點稍加搧風點火，讓這個婚約無法順利進行下去。

不過在適當地操作後，還是要有下一步的進度，趙東製藥也才有機會爆出什麼事情，但是看著那打從一開始，就一直執著於服裝與稱呼的笨蛋們，讓李鹿氣到史官們都害怕了起來。

「總之，既然我都已經做了，那應該差不多也要有報導出來了……那勤禮院到時也會自己看著辦了吧？」

「勤禮院真的會有所動作嗎？還不如直接上傳一張模糊的照片到SNS吧？Hashtag就寫像是＃傷心、＃我何時結婚……這類的。」

鄭尚醞嗤之以鼻地笑了笑，並拿起了硯滴。

「奇怪？你今天怎麼這麼刻薄？」

「我哪有。」

看著鄭尚醞癟著嘴邊倒水的模樣，看來是因為自己什麼話也沒說，就帶著金哲秀消失的事情，讓鄭尙醞至今仍還在生氣。

真是心胸狹窄。李鹿心裡默默咒罵著鄭尙醞，一邊繼續寫著剩下的日記……隨即他想起了自己一時忘卻的事情，便靜靜地看著筆尖。

「怎麼了嗎？」

對，沒錯，本來打算一回來就從這件事開始追問的，都是因為鄭尙醞生氣地表示要寫日記、還有一堆要批准的報告書等著處理，所以才會錯失了詢問的好時機。

「尙醞。」

「您明明就知道我在這裡，幹麼一直叫我？」

「我不在的時候，柳永殿似乎發生了什麼事情，你有聽說嗎？」

「啊啊……這……」

鄭尙醞摸著下巴表示因為事情說來話長，本來就打算等李鹿寫完日記再告訴他的。

「我正好從申尚宮那大致聽說了……情況有點可笑。」

「為什麼？是什麼事？」

「他說您不在宮裡的期間，韓常環的狀態特別奇怪，這段期間他沒有叫任何人進宮，但是您還記得那個金哲秀吧？就是那個年幼的孩子。」

鄭尙醞過去還在嘀咕著，二十歲的人怎麼會用年幼來形容，在看到當事人之後，表示自己也認可了皇子殿下所說的，並不斷且大力地點著頭。

「聽說這兩天有進入韓常環住處的人就只有金哲秀。」

「什麼？難道那傢伙……」

「若是話只是聽到這裡，一定會朝很嚴重的方向去想像事情的發展吧？但要是說韓常環對金哲秀做了什麼惡毒的事，那個狀況卻有點奇怪。因為包含申尚宮在內的內官們接近他的住處，韓常環就會像是已經發現了什麼似的待在門外，而且還是獨自待在門外的那種。」

「獨自待在門外？韓……那金哲秀呢？待在房裡沒出來？」

「對，所以才會說有點奇怪……韓常環就像個在做日光浴的人一樣，呆呆地站在外面用著手機，反而是金哲秀在這兩天的期間，都沒有從韓常環的房間出來。」

「如果我沒記錯的話，這應該是那小子除了剛進宮時以外，第一次沒有叫外人進宮吧？」

鄭尚醞點頭表示沒錯，而且還說韓常環待在外面的時間非常長，甚至連睡覺都是躺在大廳睡的，酒也是在房間外喝的。

「韓常環大部分的時間都待在外面，而且也沒見到金哲秀被拖著走的畫面……」

「沒錯，那傢伙雖然偶爾會進房間裡，但儘管如此，每次出來的時候，都不是衣著凌亂、流了汗，又或是洗過澡才出來……完全不像是能往那種不好的方向猜測的樣子，以肉眼來看，進去前後的樣子並沒有差異……」

「……真的要瘋了。」

李鹿將身體緊靠在椅背上，用食指與中指以固定的節奏在書桌上輪流敲著。

「就算想看設置於住處入口的 CCTV，也得有正當的理由才可以，總不能說因為神經病像是神經病一樣傻傻站在自己的住處前，就要調 CCTV 錄製畫面來看，甚至如果說理由是虐待金哲秀的話，那就更是說不過去。」

當然，李鹿是這個宮的主人，既然不是看房間內部，而是要查看住處入口所設置的 CCTV，其實根本不用大驚小怪地向四處報告。

只是問題是因為那地方是柳永殿，是韓常瑮居住的地方，趙東製藥一定會憤怒地表示自己那受人辱罵的兒子就已經夠可憐了，皇室不好好照顧他就算了，居然還要監視他。

當然，雖然趙東製藥一開始裝得一副很收斂的樣子，表示一點慰問金和三年的期限就足夠了，但在李鹿回國後，就感覺到他們似乎很積極地想為難李鹿。

有關特殊體質的紀錄片馬上就要上映了，僅看那些事先拿到的資料內容時，發現內容只不過是在強調韓常瑮的可憐罷了，也不是談論 Omega，那只是談論在李皇子的壓迫之下，被關在宮裡的可憐韓常瑮而已。

投資製作紀錄片的協會是一個沒有趙東製藥的金援就無法經營的地方，所以任何人都可以想到，趙東製藥施予了壓力到協會上。

「……沒有發現任何像是……韓常環用毛筆和墨水對金哲秀做了什麼的痕跡嗎？」

「做什麼？」

「嗯……任何事情。」

面對李鹿那模糊不清的言語，鄭尚醞板著一副難堪的臉，翻了翻平板。

「嗯……住處的負責人確實是有以清除地板上的墨水為由，申請了特殊道具。但也因為這在韓常環時常因脾氣關係，會發生亂踢桌子或任何物品的狀況，所以看起來沒有什麼問題。」

「啊，我不是指他的行為沒有問題，是指以這次的狀況來說，很難視為有什麼特別之處，聽說他那拿去洗的衣服也很完整。」

「啊！那有沒有什麼可疑的用品？像是成人用品……就是那種類型的物品啦。」

「他的房裡本來就有那些東西，很難判斷他是不是用到金哲秀身上。」

「也有木棒之類的東西嗎？」

「那種算是會被分類為凶器的道具，已經被翊衛司禁止攜入了。」

李鹿那敲打著書桌的手變得更加大力，這下更能確定房間裡發生了什麼事了。

金哲秀今天就像是被狠狠痛毆的人一樣，行動起來非常困難，還有在忘記這點並準備要上樓梯，卻在李鹿說要改成一邊猜拳一邊慢慢上樓後，他的眼裡流露出心安的神色。

最奇怪的是，那些留在身上各處的墨水痕跡……手就算了，但就連腳踝也留下了很深的痕跡，雖然他穿著長褲，很難確認是不是一整條腿都是這樣，但就連腳踝內側也有著相似的墨水痕跡。

而且，他在房間看到毛筆時，金哲秀像是受到了嚴重的驚嚇，推了他之後還因此哭了出來。

雖然李鹿覺得內中似乎還有發生什麼事，但還是不知道該怎麼組合眼前的這些參差不齊的線索。

「況且，因為他們說不是被其他人，而是被韓常環帶走，然後兩天的時間都沒出來……所以說真的，我也有往那方面去擔心。但目前也沒有確切的證據，也不知道那個流氓般的傢伙是不是察覺到了什麼。他把申尚宮叫去做雞毛蒜皮的小事，而在那之後也沒有其他宮人繼續盯著他。」

因為他表示韓代表有派人親自將某物品送往連花宮的關係，申尚宮在無可奈何之下去執行任務的期間，韓常環就和金哲秀一起待在了自己的房裡。

「他們是怎麼知道他叫尚宮去做事後，就進了房裡？那是誰說的？」

「這……」

本來要理所當然地想繼續接話的鄭尚醞緩緩地張開了嘴。

「而且人手再怎麼不足，申尚宮也不會把監視的人員全都帶走吧。」

鄭尚醞面露僵硬，這代表其中傳達情報的人有著什麼問題。

「雖然這並不是什麼得祕密進行的事……不過，你還是自己看著辦吧。」

「是，我會好好處理，不讓您操心。」

嘴巴真是有苦說不清，不論是韓代表或是任何人……其實鄭尚醞早就感覺到宮裡有間諜。

而現在似乎也到了該將之剷除的時間了……不過他們現在居然這麼明目張膽地在宮裡活動著……

「殿下，您若有任何猜測，就給我一點提示吧，這樣我也好往那個方向著手。」

「……不知道，我也猜不到。」

「或是金哲秀有沒有透露什麼……」

「啊，就沒有啊！」

「您怎麼可以一直這樣？難道您不是為了從他那挖到什麼情報，才會帶他去綾羅島的嗎？」

「啊，就跟你說不是為了那個嘛！」

李鹿因想到自己在綾羅島的徒勞無功而大喊出來，鄭尚醞被嚇得急忙抱緊青磁硯滴。要是一個不小心，幾乎可說是重要遺產的珍貴物品就要當場摔爛了，無論是鴨型雕像或是蓮花裝飾。

「在綾羅島時……」

「在綾羅島時？」

「……不不不，總之不是那樣。」

一切都很美好，雖然確實有一堆想問的問題，但還是為了體諒金哲秀而努力忍住了，也許正是因為那樣，當時的氣氛非常好，那適當距離的兜風路線也選擇的非常好，就連一開始坐立不安地在車裡四處張望的金哲秀也冷靜了下來，他那紅腫得像隻兔子的眼睛也開始露出了笑容。

要不是那該死的歌曲，那一切應該都會很完美。

但怎麼會這麼突然，偏偏在那個時間點，在按下按鈕之前，突然播放起了之前很愛聽的音樂呢？

倒不如一開始就說要給他聽皇室活動中常聽的傳統民謠或歌曲還比較好，還說什麼浩室音樂、什麼爵士樂啊……當然，雖然他表示自己什麼歌曲都不知道，甚至還點頭地說著歌詞的美好……

日記寫著寫著，李鹿「咚」一聲撞了額頭，啊，真的好想死啊……最後真的不該裝作一副若無其事的樣子，哼著太平歌的旋律，要是自己看起來像是一直很在意的話怎麼辦？雖然有刻意裝酷，但以結論來說看起來一點都不酷啊。

「呃嗯，但殿下……」

「……我不喜歡。」

「真的嗎？」

「啊，到目前為止，跟金哲秀也只見了三次面！」

李鹿抬起頭並大叫了出來，金哲秀那無解的真面目、連猜都無從猜起的過去兩天，以及趙東製藥那些現在連躲都不躲的間諜……而那之中還包含了自己的徒勞無功，這讓李鹿心中的煩躁衝上了頭頂。

「不論是聯誼還是曖昧，通常三次就會有結論了，如果見了三次也沒告白，甚至連牽手的跡象都沒有的話，應該就是拒絕了吧？若殿下因為自己太不會察言觀色而被甩的話，你說下面的人該會是什麼樣的心情？」

鄭尚醞咋著舌表示若是不知道的話，哪怕是現在開始也好，也要有點自覺。真是的，就算如此，你也不過三十出頭而已，居然擺出一副像是知道世上萬物似的模樣。

「你在說什麼啊？之前還生氣地表示絕對不行，現在說這什麼話啊……在那搧風點火說什麼牽不牽手的，真是太放肆了。」

鄭尚醞表示那是兩碼子事，用手帕認真擦著鴨型硯滴。

「雖然我不用字字句句提醒您，您應該也已經很清楚了……您乾脆跟其他男人結個幾百次的婚，再離婚還比較好。但金哲秀絕對不行，就算如此，若您還是真的忍不住被他吸引的話，那至少，請您不要對我保密，畢竟如果事情發生了，我什麼都不知道卻得去收拾善後，那我真的會瘋掉。」

鄭尚醞以慎重的表情觀察著硯滴的尾端，然後小心翼翼地將它放下。

「我上次叫你去調查韓常璟的事情呢？有任何進展嗎？」

「啊啊，聽說廣惠院長非常討厭趙東製藥，所以目前正在小心地與廣惠院長接觸。」

「廣惠院啊……我想也是，他們不是因為趙東製藥的關係，吃了不少苦嗎？」

「是啊，再加上因為他們是醫療機關，所以比起徵信社之類的地方，似乎能取得更多情報，我打算先從出生紀錄開始找起。」

「不過他們會這麼乖就答應我們的請託？」

「他們一開始雖然是非常不情願，但在我稍微試探過後，他們就馬上有反應了，我也算是故意在找與趙東製藥關係不好的機關。」

「嗯……不錯嘛，既然他們對趙東製藥抱有不滿，那應該也不會向我們要求太多的酬勞，也比較不用擔心事情會外流出去。」

既然很難找到值得信任的人，那不如與同樣討厭他們的人聯手，似乎也是個不錯的選擇，再加上若是廣惠院的話，比起其他機關或是企業，他們對於特殊體質的了解程度還比較高。

本因那些招搖的間諜而垂頭喪氣的李鹿心情再次好了起來，這不是早就猜測到了嗎？不需要因為一點小事而又悲又喜……要藉此機會，讓自己需要的人們慢慢成為自己的人。

「所以啊，尚醞。」

「是。」

「在皇室不會拒絕的程度以內，不論規模大小，有多少活動是我可以直接主導的？」

「嗯……若是您親自出馬的話，那應該就不是能以規模來形容的吧……」

李鹿嘀咕表示沒錯，並再次提起了筆。

就像所有君主立憲制的國家一樣，皇室人員有著不論自己的喜惡，都必須執行的公務，儘管不會為皇室帶來直接的利益，偶爾還得花上自己的錢，也必須要出面處理的事。

其中最具代表性的就是宣傳新的國營事業和政策。當然，雖然看起來可能會像是個連車馬費都拿不到、還得因活動而受盡折磨的人。

但以長遠來看，這對皇室成員來說也沒什麼損失，只要稍微辛苦一下，就能夠獲得名譽與權威，還能得到數字不小的捐款與贊助，而全國人民也都很清楚這個事實。

因此，皇室完全無法拒絕這種活動，況且就連皇帝也是，若稍微疏於對外的活動，馬上就會被大眾指責。

雖說時代已經變了，但皇室成員對於那些得履行的義務所表現出的不滿與不願，是一般人無法理解的事。

李皇子李鹿也當然有著他必須去履行的義務，主要是以不會有太多新聞報導，且企業不太關注的消耗性公務為主，也就是作為一朵無關緊要的花、作為賞心悅目的角色能夠發揮所能的事情。

而李鹿的贊助費金額與太子相比，可說是低得荒唐，而其實鄭尚醞那邊多虧了李皇子殿下的ＭＤ販售，連花宮的狀況才得以好轉的話也不是玩笑話。

所以在李鹿小時候，不，應該說是到入伍前為止，每次在準備參加各種紀念儀式的時候，李鹿都會覺得自己就像一隻被拖去屠宰場的牛，無論受到什麼樣的言語壓力，都仍表現得若無其事，但有時候還是會因為一些小小的事情，而讓那一直隱忍下來的情感爆發出來。

李鹿知道這些公務是這輩子作為皇子，不論如何都得背負的負擔，儘管知道，還是會因為討厭這一切，使得他在有對外活動時，一整個星期就會活在低氣壓裡，但是……

「那我們就先出手吧。」

什麼事情會讓這樣的李鹿積極地表示要先出手？

「出手？」

鄭尚醞可是比任何人都還要清楚李鹿在想什麼。

李鹿再更小一點的時候，對李鹿那因徹夜哭泣而在枕頭上留下痕跡的事情裝作不知情，也曾是他最大的職責。

「去把那些就算沒有邀請函，但像我這種身分的人參加也不會奇怪的活動調查一下，就算我裝傻地直接進去，他們也不能對我怎樣吧？」

「您是認真的嗎？就算沒有邀請函，也要直接去？」

「嗯，露過幾次臉之後，他們以後也會自己乖乖地奉上邀請函吧？」

「話雖如此，但是殿下……啊，當然，嘗試刷存在感是很不錯啦，但若是太子殿下也參加的話……那儀式的順序就會亂掉，社交界也會對您在沒有邀請函的狀況下就出席而做出一番討論……」

「尚醞，我並不想離開這個位子。」

「……」

「不論是過去還是現在，我從來沒想過要離開。」

李鹿一副不耐煩地一邊寫著日記，一邊漫不經心地說著。

紙上其實也沒有格子，但他寫出來的字就像是用尺量過似的，既整齊又平均，這一切都多虧了這二十多年間每天做著相同事情的緣故。

「當然，這其中還是有很多令人煩悶和厭惡的部分，特別是當聽見人們道出有關於特殊體質的負面言論時，我還真想把他們全殺了，嗯……應該說現在也是。」

其實曾有幾次機會，能讓李鹿舉雙手雙腳投降，以最佳面貌離開這個位子。

若是如此，儘管身為太子的兄長依然對他不滿，自己與父母的關係也不會那麼差。但是，李鹿還是不曾讓父親將自己趕出去。

為什麼要走？我根本就沒有做錯任何事。

「不過……也許是因為在這令人厭煩的宮裡成長的關係，我可不想明明就沒做錯事情，卻被奪走自己能得到手的東西。」

李鹿也有著自己的傲氣，要說是野心也好、欲望也罷，但決不是因為他是個傻瓜、不是因為對皇室有滿滿的忠心，才忍下那些貶低自己的言語和視線的。

他想成為一個不被人找碴、享受人愛戴及認可的李皇子，想以不會因特殊體質而造成問題的第二皇位繼承人李皇子李鹿的身分，抬頭挺胸地活下去。

「巡防也已經結束了，剩下的時間也不多了，現在開始還是加快腳步比較好吧？」

「……是，遵命。」

「啊，如果廣惠院找我的話，記得馬上告訴我，我若是露個面，他們應該也會更安心吧。」

「是。」

還有，雖然目前還沒告訴鄭尙醞……在他從以前就有著想得到權力的欲望，所以長時間以來都在默默地培養力量的人生，最近出現了一個老是讓他感到在意的人。

Whispers Through the Willows

第
05
章

其實來到芙蓉院，韓常璟也沒有什麼能做的事，李鹿為了消化自己的行程而忙得不可開交，所以韓常璟苦等著的那個第一堂課，至今都還遙遙無期。

只是從綾羅島兜風回來後的隔天，他就收到了好幾本的基礎教科書和單字本，因此現在的韓常璟每天主要就是讀著書度日。

不過好險的是，韓常璟雖然沒有讀書的機會，但在背東西這件事上非常有天分，正確來說，若是他不在規定的時間內熟背某些東西，就會被韓代表痛扁，所以他才會如此熟悉……但總之這樣似乎就不會在如此照顧他的李鹿面前丟臉，那真是太好了。

雖然將心中決定好的分量全讀完、也全背起來了，但韓常璟還是不知道這些數學問題到底能用在哪裡，索性就出了後門，觀察起地板上的樹葉。

不論負責美化宮內的青華院員工們從清晨開始再怎麼掃、再怎麼擦，在這風吹的季節裡，道路馬上就會變得雜亂不堪，而整理那些就算掃了，也還是會穩固地留在地板上的葉子，也是韓常璟最近的消遣。

因為這也不過是清掃自己住處的正前方，所以要說是工作好像也有點尷尬，在結束了清掃之後，附近福會堂的宮人們總會說聲辛苦了，並送韓常璟一些甜甜的小點心，然後韓常璟就會大膽地坐在芙蓉院的大廳，一點一點地慢慢吃著點心，然後再次開始讀書、背單字……這就是韓常璟最近的日常。當然……

「啊呃……」

每天使用規定的藥物，也算他是重要的工作之一。

韓常琛用手帕堵住了嘴巴，並晃動著身體，之前可說是已經成為他的習慣，所以他還能自己安安靜靜地處理一切。

但最近奇怪的是，他開始感到難以克制，那屏住呼吸、忍住不發聲的喉嚨老是發出聲音，而雙腿也像是在叫人欣賞似的張開，並且彎起腰部。

其實昨天一直顫抖著身體，並猶豫著該怎麼辦時……韓常琛最終用了自己的手嘗試揉弄自己的乳頭，當他的拇指和食指一觸碰到那脹大的乳頭時，就有種甜美又溫暖到喘不過氣來的感覺。

他得用另一隻手移動插在身後的木棒才行，但想用雙手揉弄兩邊乳頭的淫蕩欲望卻難以澆熄，讓他完全無法放棄那從丹田下方傳遞開來的酥麻感。

最終，他拿起了那掛在書桌旁的毛筆中最厚重的一支，用那屬於柳永殿、上面刻著宮裡最美住處的印記的毛筆，插入了自己身後，並在沒有李韓碩指示的狀態下，自己晃動起了屁股。

韓常琛將大腿張開坐下擺動著身體，若是覺得累了，就將臉貼在地板上再抬高腰部，現在的他就算不用上下擺動屁股，就知道該怎麼光以洞的收縮來達到高潮，每次在好不容易將手伸入了地板與身體間的空隙，把玩著自己的乳頭時，那令人害羞的液體就會如泉水般湧出。

雖然只是短暫的時間，但韓常環還是想在正清殿過上不同的人生，就是因為這樣，才會撐過李韓碩那如拷問般的欺侮，因為覺得厭煩、覺得恐怖，所以連掛著毛筆的方向都不想望去，但是現在的他，卻對如此輕易伸手的自己發出了苦笑。

羞恥心和耐心都消失得無影無蹤的身體，簡直比禽獸還不如，但是，僅使用一根粗毛筆是韓常環正在忍耐的最大限度。

儘管嘴裡咬著毛巾，那被壓抑住的甜美氣息仍流露了出來，在經過幾次的高潮後……不停喘著氣並往那掛在牆壁上的時鐘看去，差不多要到吃晚餐的時間了，要是不趕快清洗、趕快出去的話，那些照顧自己的宮人們一定會覺得奇怪。

韓常環忍住疼痛，拔出了毛筆，並用一條大大的浴巾擦拭了精液噴濺到的地方，只要在洗完澡後，再用韓代表給的消毒藥摻水稀釋後噴灑，然後再搓洗一下，就會變乾淨了。

韓常環原本是習慣在清洗身體之前，先將環境打掃乾淨的，不過，最近跪在地板上，像是用爬的似的慢慢移動自己身體時……就莫名地覺得下面有種被拉緊的感覺，平常都不會那樣，但在後面擦了藥之後，就一直有那種感覺。

讓身體感到徹底崩壞似的過度刺激漸漸擴大了範圍，所以最近的韓常環常常會為了控制那股熱氣，而用冰到會令人咬緊牙關的冰水洗澡，然後再將毛巾掛在脖子上，認真地清掃地板。

除了有了早上和晚上的讀書時間，正確來說應該是背東西的時間之外，現在的生活其實跟在柳永殿的時候沒有什麼太大的差異，不過光是李韓碩不會三不五時地找上門來，就讓韓常環的心裡輕鬆了許多。

「……我是不是胖了？」

將清潔劑滿滿地倒入浴缸，並將那大大的浴巾和被口水浸溼的毛巾放了進去，大力大力地踩著，韓常環看著自己那映照在鏡子上的臉蛋，因為看起來似乎有點變胖，所以便伸手捏了捏，不過真捏起來，又發現似乎不是那麼回事……但是皮膚似乎是真的有變好。

規律的生活仍跟從前一樣，和從前不同的就只是換了個睡覺的地方而已，哇……心裡變得舒服後，所產生的改變這麼快就會反應在臉上了？

「韓伊，你在裡面嗎？」

「喔、呃呃！是！」

殿下意外的出現，讓韓常環急忙地在水裡跺著腳，真是神奇，他正好想起了李鹿。

「請、請進！」

「韓伊？我可以進去嗎？」

哎呀！也許是因為人在浴室裡的關係，李鹿似乎沒聽見自己的回應，韓常瑮在離開浴缸的時候差點滑倒，好不容易穩住了重心，用那沾著泡沫的雙腳跑出了浴室外，並緊緊按下房門上的按鈕。

「韓……啊，你在啊。」

「啊……」

面對本想敲下去，卻突然打開的門，李鹿不好意思地笑了笑。

韓常瑮也忘了要問好，便放肆地盯著李鹿的臉看。

不曉得李鹿是否才剛結束工作，他身上那件好似大衣的深藍色長袍看起來耀眼燦爛，和之前的居家服配半透明的外衣不同，整套衣服從規矩到裝飾都一應俱全。

「你剛才在做什麼？」

「啊……我在洗衣服……對了，你好。」

「洗衣服？」

那是順序倒反的一句問候，而且還是不符合禮法的表現，但李鹿似乎因為那句「洗衣服」而驚訝得根本就不介意那亂了套的問候。

「你怎麼會自己在洗衣服？」

「啊，因為實在是太亂了……所以在宮人清洗之前，我就先洗了。」

李鹿那帥氣的眉峰微微地抖了一下，雖然似乎不太能理解韓常瑮為什麼要這麼辛苦，但既然是韓常瑮的習慣，那他似乎也不想多說什麼。

「嗯，總之……我可以進去吧？」

「是，當然。」

「但是韓伊，這裡……嗯，對，那隻腳好像還沾著泡沫。」

「啊……」

「要我幫你洗嗎？」

「不、不用！我去洗！」

韓常瑮一嚇得往浴室跑，李鹿就在身後大笑了起來。

這就像在青玉橋上，第一次說話的那天一樣。

「我最近真的忙得不可開交。」

「嗯？您說了什麼嗎？」

打開蓮蓬頭，隨意清洗了腳上的泡沫就走出了廁所，因為沒將水氣完全擦乾的關係，而讓地板上留下了自己的腳印。

這一切分明也被李鹿看見了，像是會馬上指出錯誤的他意外地什麼也沒說，只是對這樣的場景笑了笑。在感謝李鹿對於自己的莽撞裝作不知情的同時，韓常瑮也因為感到害羞，而不停地磨蹭著自己溼掉的腳。

「我沒說什麼，只是說我最近很忙。」

「啊啊……我有聽說，對了！我有收到書了，謝謝您。」

「啊……」

在床上的李鹿看著稍微能感受到一點生活感的書桌與書櫃後點了點頭，而韓常環則因為那被自己丟向洗臉臺而空出的毛筆的位置膽顫心驚了一下，但很令人感謝的是，李鹿這次似乎也裝作什麼都沒看見。

「不過話說那些書不是我給的，是申尚宮買給你的。」

「申尚宮？」

「對，她本人說一定要送你，所以我就讓她去做了。」

「啊……」

韓常環帶著既驚喜又歉疚的感覺，用食指在床單上蹭了蹭，離開柳永殿時也沒能好好跟她打聲招呼，但完全沒想到申尚宮會照顧自己到這種地步。

「總之，我聽說你很認真地在讀書耶。」

「應該不算是讀書……只是我在看了書後，一點一點地背下了它們。」

李鹿「喔」的一聲，並小小地拍了手。

「腳踏實地是最棒的了，至少入學考試最需要的就是腳踏實地的人了。」

李鹿笑著表示因此在他準備升學考的時候，鄭尙醞因為吊兒郎當的自己而感到非常焦躁。

「而且，因為我是皇子，成績一定要好，而既然以後得住在連花宮，所以去平壤大，就幾乎成了既定的事實，儘管如此，也還是一定要考得上首爾大和成均館大。」

「只有這三間？」

「嗯，該說這是慣例嗎……」

身為皇室成員，第一，一定要很會讀書；第二，必須好好吃飯，李鹿一邊數著手指一邊強調著。

「必須好好表現，才能受到更多人的愛戴，而這也算是基本要做到的。總之，升學考也要看當時的志願率。有可能會合格，但也有可能會落榜，能不能合格也可以說要看當時的運氣，所以排除那些外部因素，我們必須拿到可以考上任何學校的分數才行。」

「這樣啊……好難喔。」

入學考、升學考、志願率……這些字彙對韓常璟來說，是他這輩子從沒接觸過的概念，對他來說就像是書裡看到的天方夜譚般，不具現實性的字彙。

「那殿下您……您在大學是學什麼的？」

「哈哈，我一入學就在準備休學了，所以要說學了什麼也有點尷尬……但總之我主修東洋歷史學，至於細部劃分的話，我想讀韓國史。」

依照李鹿所言，皇室的嫡系子孫能選的主修科目有限。

「像是韓國史、漢學、儒學、韓國文學、建築學……差不多是這樣的吧？」

至於體育藝術方面能選的就是韓國畫，樂器或舞蹈等等的則是不建議，而皇室所說的「不建議」，其實就是代表不可以，就算當事人再怎麼想要，還是無法選擇其他主修科目。

「為什麼？不能在舞臺上露面嗎？」

「雖然不是因為那樣，不過大部分的劇團或樂團都是由皇室來舉辦與管理的……他們覺得皇室成員站在舞臺上有點奇怪，所以就不讓我們做。」

「啊啊……」

「你呢？若上了大學，你覺得什麼科目會是有趣的呢？」

「我嗎？我……」

「我明年秋天會復學，你若是想的話，也一起來平壤大學吧！要是能一起上學，那一定不會無聊。」

這……這真的就像夢一樣，乾脆直接死了投胎還比較快，但李鹿應該只是隨口說說的吧……

不過可笑的是，一聽到那樣的話，韓常璟的心裡卻燃起了一絲「也許」的希望，因為李鹿總會為自己帶來雖然普通，但卻驚人的驚喜，讓韓常璟想著也許這次李鹿說的話也能成真。

「嗯……在學校裡……主要都是做些什麼呀？」

「嗯，去學校都在做什麼啊……」

李鹿脫下長袍，將長袍掛在手上，像是在回憶似的瞇起了眼睛。

「首先……會喝很多酒，話說回來，韓伊，你很會喝嗎？」

「咦？在學校喝很多酒？」

韓常璟被出乎意料的回答嚇了一大跳。他不由自主地發出了驚呼聲，也忘記李鹿問了自己什麼。

等等，雖然喝酒並不是錯事……但是……韓常璟是真的很好奇，不是光是死背教課書和單字，所謂真正的讀書到底是什麼樣子……

「啊，在學校當然不能喝啦。」

因為有必須和同學一起做的小組作業，所以大夥會一起在圖書館待到很晚，中途也會因為覺得有點餓，而一起外出吃消夜，這種時候也就會自然而然地點酒來喝……李鹿表示差不多是這樣的順序。

「當然啦，因為身分的關係，我也沒辦法常跟同學在一起，不管怎麼說，他們都會感到不自在。」

就算盡量減少了身邊的護衛，最少還是會有兩臺保鑣車跟著，不論是去圖書館還是去喝酒，在視野所及之處，都還是能看到身穿黑色西裝的人在旁待命，就是因為想喝醉才喝酒的，但看到那樣的景象，根本就不可能會有那樣的興致。

活生生的歷史就那樣公然地坐在教室裡，就連主修科目的教授都對他感到不自在，也因為那時時刻刻會出現說在哪裡看見了他的報導，讓跟他一起聽課的學生們更加排斥李鹿，但儘管如此……

「……對我來說，仍算是一段不錯的回憶。」

李鹿表示自己還是會想起那無法和在宮裡小酌過的高級傳統酒相比的汽水加馬格利，還有店家招待的那放滿了調味料，做得就像糖餅的馬鈴薯煎餅之類的食物，以及那晚嘈雜喧鬧的氣氛。

「這樣啊……」

看著因陷入回憶而有點惆悵的李鹿……韓常瑮的心情莫名低落了下來，但他感受到的並不是悲傷或是驚慌。

正確來說，是讓他正視起了現實，這還是他第一次在這麼近的距離，聽到李鹿的那些平凡時光，而且就算自己死了又投胎，自己也沒辦法與李鹿一同度過他所懷念的那些日子。

讀書、考試，又或是脫離趙東製藥出來生活……當想到哪怕只是一次也好，能夠做出這樣的嘗試，真是令人感到開心又神奇。

但在聽了如此具體的故事後，反而讓韓常瑔稍微清醒了過來，此刻並不是永恆的，那對李鹿來說雖然是現實，但對自己來說卻是個總有一天得醒來的夢。

「對了，我還沒聽到答案耶，所以呢？你很會喝酒嗎？」

「嗯……我不知道。」

「什麼啊？你該不會沒喝過酒吧？」

「沒錯，我還沒喝過……」

將手放在背後，輕鬆壓著床面的李鹿就像彈簧一樣跳了起來。

「真的嗎？你騙人。」

「是真的……」

「哇，這樣可不行，走吧，我們走。」

「咦？要去哪？」

李鹿朝韓常瑔伸出了手，表示要一起去喝酒，韓常瑔看著那近到就在鼻尖前的手……輕輕地握住，並站了起來。

雖然這種想法很不敬，但卻有種只要跟他在一起，自己就好似變成了貴重之人的感覺，畢竟他對自己這麼好……

「天啊，你不是二十歲了嗎？但至今為止都沒喝過酒，這像話嗎？」

一邊說著學喝酒就是要跟長輩學，那不過比韓常瑮大上三歲的李鹿一邊聳著肩膀。

連花宮內有許多象徵花或月的名字，像是擺放在宮內的物品或是象徵各個殿的紋樣。位於正清殿的湖水中間，那個像島一樣的山月閣也是，有著漂亮的名字，靠著湖水上能看見月亮的浪漫閣樓，心情也跟著好了起來，但是李鹿卻破壞氣氛地表示，分明是因為坐在那裡不僅能看見牡丹峰，也看得到月亮，所以才會隨便取了這樣的名字，而且……

「有這麼可怕嗎？」

「有……有點。」

若要到山月閣，就得搭一下子的船，看是要親手划船過去，又或是游泳過去。

而這對韓常瑮而言，當然是第一次搭船。雖然四處都有著明亮的燈火，但是黑幕降下的湖水水面下，則是什麼都看不見，夜晚在黑色的水上漂著，確實讓他感到有點害怕，感覺就像有什麼東西會突然跑出來似的，再加上船的尺寸又不大，所以划起來也會特別搖晃……

在綾羅島的觀景臺上往水岸邊看去的時候，那水明明是那麼地漂亮，但在如此近距離之下欣賞夜晚的湖水，卻又是另一種感覺，明明是很相似的湖水，而且這裡也不亞於觀景臺，有著明亮的的照明，唉……所謂的人心還真是難懂。

「要到這裡來雖然的確有點麻煩……不過這裡也還算是挺美的吧？」

「是啊，很漂亮，又小……又可愛。」

韓常瑮默默地瞥向了李鹿，但李鹿似乎因為忙著拿那沉重的包袱，所以並沒有仔細聽見自己剛才說的話。

韓常瑮有點失落地抱起了裝有兩包餅乾的包袱。

「是，殿下說得沒錯！」

因為覺得自己之前就像是只會說些制式稱讚的機器人，這次他可算是十分用心地在感受過後……說出了漂亮、可愛等等的形容詞。

總之……雖然要在夜晚渡過湖水，的確是有點恐怖，但山月閣確實有令人如此嘗試的價值，與宮內的其他建築物不同，有著邊緣稍微翹起的瓦頂，比放置於各殿還要小得許多的燈籠臺……

本以為自己已經很熟悉這美麗的宮殿全景了，但在山月閣見到的景象卻又是完全不同的感覺，感覺非常新鮮。

最讓韓常瑮感到滿意的是，這是他第一次在宮裡見到四周皆有牆的建築物，跟著李鹿爬上二樓的那些石階莫名有種溫馨感，雖然到之前為止都還是宮人們值夜班的地點，所以這似乎並不是一個合適的地點。

但現在卻有了屬於自己的祕密空間的感覺。

「在這裡……嘿咻，若是坐在這裡，就會覺得那些山似乎近到就像在前院。」

「哇，真的耶……」

親手開啟窗戶的李鹿，大致指出了外頭有點模糊的風景，親切地告訴韓常瑮這裡是哪裡、那裡是什麼。

當初在綾羅島上看到的什麼，若從這裡看過去的話，看起來就會是那樣……這裡到白天為止都還很明亮，不過到了晚上就會稍有煙霧，但是也不到會冷的程度，反而還因此有著非常獨特的氛圍。

更重要的是今天很完美地，只有兩個人在這，因為不是在宮外，而是在宮內的閣樓，所以護衛們守著建築物的外面。

且因為皇子殿下的登場，讓原本守著山月閣的值班宮人也避開了位子，雖然宮人們表示，若有任何需要可以隨時叫他們，但也不知道是不是因為可以回去自己的住處所以心情很好，他們都笑得合不攏嘴，李鹿若真的又叫他們來，他們大概會覺得很難過吧？

「雖然這裡也有市中心有在販售的燒酒或啤酒，但反正那隨時都喝得到……我想今天還是喝傳統酒好了。」

「哇……這裡面有酒啊？」

還想說他手裡拿的包袱怎麼會那麼沉重……將幾個足以拿來當作房內裝飾的沉重陶瓷器放上了桌子，雖然應該不是真正的白瓷，但外表看起來確實是那樣，不對……既然是送進宮裡的酒，那麼那應該真的是很貴重的陶瓷吧？

韓常瑔害怕地悄悄收回自己緊壓在上面的食指。

「你問我上大學做了什麼，我說我喝了酒……甚至我現在還先暫時放下了讀書的事，要你來跟我一起喝酒，這可能會讓你感覺我似乎很會喝……但其實我也還好。」

李鹿一邊解開包袱，一邊表示傳統酒大致上比一般的啤酒或燒酒還要烈，老是強調問題在於酒，而自己的酒量也只是很一般，感覺就像是不想在韓常瑔面前露出軟弱的一面。

而幫忙李鹿解開其他包袱的韓常瑔……則是在想著自己是否能喝酒，韓代表的手冊裡並沒有提到關於飲酒的部分，而研究員們也從沒提及過喝或不喝的事情……

嗯……既然如此，那是不是喝了也沒問題？也許他們根本就沒想過韓常瑔會有機會喝酒。

不過既然李韓碩每天喝酒也沒怎樣，那似乎不會有什麼問題……不對，那傢伙平常的狀態就稱不上是正常了！果然還是不該喝嗎？

「這是釜山的特級品，因為有著非常棒的香氣，所以這款馬格利很受歡迎，而這是安東燒酒……這雖然也是安東的酒，但是名字叫做梨姜酒，啊，這是韓山素麯酒，是我最喜歡的酒。」

但是看到那像是從月裡取出，散發著漂亮光芒的酒甕，以及比李鹿上次帶來的餐盒還要沉重的餐盒，韓常環也會不自覺地一直投以好奇的眼光看過去。

這次的下酒菜也是李鹿親手做的，就在御膳房的宮人們收到年幼的殿下表示要酒的命令，而搖著頭準備包袱的時候，李鹿洗了手、圍上了圍裙，站在爐火前大展身手。

努力做了飯菜的李鹿，心滿意足地問著自己是不是很會做飯……但很抱歉的是，韓常環僅是坐在當班宮人讓給他的中島櫃椅子上，呆愣愣地看著李鹿的背影，不過就算沒有坐在那，他也沒辦法看見李鹿做飯的過程。

因為就像先前多次感受到的一樣，李鹿的身高比自己高出了許多。

嗯，其實比起料理……韓常環更是被李鹿捲袖子而展露出來的手臂上的青筋而嚇到，不知道是天生的，還是因為他很努力運動……連那種地方都會長肌肉，這對他來說真一件很神奇的事。

總之，皇子殿下今天也帥氣地發揮了料理實力。

好似泡泡柔軟又蓬鬆的黃色蒸蛋、邊邊角角煎得金黃酥脆的海鮮煎餅與蘑菇煎餅、包覆在檧木裡，並塗上了幾種醬料的帕馬火腿，以及含有水分並閃閃發光的各式當季水果。

韓常環莫名地失落了起來，並將自己手上的那份包袱解了開來，認真要說起來，這也不是他準備的，而是當班的宮人準備的……

當韓常環從那因為裡面沒東西，但包裹得若有其事的包袱裡拿出兩包手掌大小的餅乾和杯麵時，李鹿大笑了出來。

「真是的，韓伊，你怎麼像是一隻松鼠呢？」

「……咦？」

「就像一隻一邊看著別人的臉色，一邊將橡實拿出來的松鼠，而現在來這裡的感覺，也很像是來野餐的。」

看人臉色的松鼠？這……這是好的意思嗎？

「喔喔……這也是可愛的意思嗎？」

「什麼？哈哈。」

李鹿比剛才笑得還要更大聲了，但不像是在取笑……而是真的因為心情好而笑。

「啊，對呀，可愛的意思，很可愛。」

笑得流出淚的李鹿，用手輕輕抹去眼角的淚水，拿了一顆飽滿的藍莓給韓常環，因為記得之前也這樣被他餵過，所以韓常環並沒多想，就直接張嘴吃了那顆藍莓。

李鹿用那托著下巴的手摀住了眼角，似乎又自己嘀咕了些什麼，雖然很好奇他在說什麼，不過似乎有偷偷聽見他在中間說了可愛兩個字，嗯……韓常環決定把那句話想成是對自己的正面肯定。

韓常環突然覺得連花宮的人似乎都跟李鹿很像，送自己書當禮物的申尚宮也是、來來往往的途中送自己零食的宮人們也是……御膳房的宮人們則是將自己的飯盛得像山一樣高。

沒錯，臉的確是變胖了，那並不是錯覺。

「要從哪一個開始喝呢？」

「咦？我……嗯……那就從殿下您喜歡的開始……」

「素麵酒嗎？好。」

李鹿從包袱中翻出了看似為一對的白色酒盞，然後穩穩地拿起那韓常環似乎很難以單手拿起的沉重酒甕……不，這是酒甕嗎？雖然不清楚正確的名稱為何，但總之李鹿在拿起後，於適當的高度倒下了酒。

酒從瓶中倒入酒盞時所發出的聲音，就像珠子滾動的聲音一樣，韓常環想著，商人在製造商品時，一定連這種部分也考慮進去了吧？

「喔……」

韓常璟盯著自己這輩子第一次收下的酒盞，與酒瓶一樣散發著隱約光芒的白色酒盞內，搖曳著自己那充滿好奇心的臉，這顏色就像麥茶呢。

「這直接喝就好了嗎？」

「嗯，不，不對，要先來乾杯一下。」

李鹿將酒盞舉起，而韓常璟也生澀地跟著李鹿的動作舉起酒盞。

稍將身體往前彎的李鹿「鏘」的一聲，輕碰了韓常璟的酒盞。

「現在可以喝了，不要一次喝完。」

韓常璟用雙手捧著酒盞，仔細地聞了聞味道，這是這輩子第一次接觸到的香氣，有點像實驗室裡的酒精味，但好像又不太一樣。

該說手裡的酒似乎更香甜嗎？而且還有種黏糊糊的感覺，好像還散發著花香。

話說回來，這房裡散發著木質香，而酒也散發著花香呢，韓常璟一邊讚嘆宮裡的東西，一邊小心翼翼地將嘴巴靠向了酒盞。

「咳咳！」

什麼啊？就只有聞起來是香的，一開始想說應該能輕易入口，但喉嚨卻馬上有種灼熱的感覺，感覺是再也喝不下去了。

「殿、殿下……這……」

「真是的，你怎麼一下子就喝了那麼多！」

「呃嗯……」

李鹿勤快地夾起了下酒菜，並往韓常璟的嘴邊送去，又苦又辣。

本來韓常璟還在疑惑，不明白人們到底為什麼要喝這種東西，但在經過一小段時間後，口中便充滿了甜味，而在吞下溫熱的蒸蛋後，腸胃便莫名地感到舒適了起來。

「喔……這好像……也算美味。」

「對吧？這酒的別名叫癱子酒。」

「癱子？」

「因為很好喝，喝著喝著會停不下來，最後醉到連站都站不起來，因此而被取了這個別名，所以喝的時候得小心。」

韓常璟點著頭，並鼓起勇氣，再次嘗試了一口，嘴巴好苦、喉嚨好炙熱，接著又是一股甜味散發開來……不過這一系列的過程，確實比第一次感受到的還要再快一點。

「其實我今天是真的想喝點什麼。」

李鹿一口氣喝光了酒盞內這個對他來說並不算強烈的酒，然後又倒了一次酒，也許是意識到了韓常璘盯著自己看的目光，李鹿難為情地笑了笑。

「我最近忙著見人，忙得不可開交。」

李鹿一邊輕晃著手裡的酒盞，一邊說著自己要拉攏他人的事實。

「其實我本來就不太喜歡那種事。唉，應該沒有人會喜歡老說著自己很累很辛苦吧？」

「不能……不去見人嗎？」

「是啊，因為我是李皇子。」

也許是因為感到苦澀，用舌頭攪動著嘴巴內部的李鹿在語畢之後，將新倒的酒也一飲而盡。

那說著儘管討厭也還是得去做的表情，看起來成熟到讓人完全想不到他只比自己大三歲……還因為看起來很痛苦，讓韓常璘對於該說什麼話才能安慰他而毫無頭緒。

「啊！」

如果像他之前對自己做的那樣，將食物遞到他嘴邊的話……這樣會不會太大膽了？

就在韓常璘心裡這麼想的時候，他也不小心將自己的嘀咕說了出來。

「嗯？」

「沒、沒什麼……」

呃呃，那來聊點吃的……聊聊關於做料理的事情好了。

韓常環忍著想打自己嘴巴的衝動，小心翼翼地喊了一聲「殿下」。

「我有一個好奇的問題，每個人都這麼會做料理嗎？我的意思是……包含皇子殿下……那個……」

當下因為腦袋突然一片空白，想不起長輩或是上位者等詞彙，整個句子變得不知道該怎麼結尾。

奇怪？緊張到眨了眨眼睛後，卻又感覺沒事了，但是身體卻有股比剛才還要稍微炙熱的氣息湧現。

「啊啊，對啊。」

好險聽懂韓常環在問什麼的李鹿做出了肯定的回答。

與性別無關，宮中料理或是韓定食，是他們一定得學習的，而書法、騎馬和韓式弓箭也要有著基本的實力，李鹿一邊說著，一邊數著身為皇室成員得做到的幾項基本素質。

「也許是因為比起鉛筆，我們最先接觸到的是毛筆，所以寫書法對我們來說就像呼吸一樣簡單……不過料理似乎算是學得最痛苦的東西了，因為得用刀、還得站在爐火前，不過……也好像是因為皇室成員代代都很喜歡吃美食吧，而且也喜歡讓別人品嘗美食。」

李鹿搖著頭表示，光是辦個早宴，桌上的餐點數就多到不是鬧著玩的，若是舉辦國賓禮的話，御膳房就可說是進入了緊急狀態呢。

「那個……殿下。」

「嗯？」

「您不是說……您喜歡讓人品嘗美食嗎？」

「嗯。」

「您、您會這麼做，是因為感到空虛，對吧？」

想起李鹿在柳永殿後院說過的話，韓常環小心翼翼地提出了問題。

「您會做這些給我……會對我……這麼好……」

「……」

「您只是因為覺得空虛……而且您本來就對其他人……都很好……」

心裡默默地希望李鹿對自己做的一切並沒有其他意義，而事實分明也是會如此。

雖然若下出了那樣的結論，心臟的某處一定會感到刺痛，但韓常環還是想切斷這不知分寸、老是湧上心頭的莫名心情。

只要不抱任何期待，那就不會受傷了，所以必須對李鹿給的短暫快樂心懷感謝，不可以有任何其他心思。

短暫將目光放在韓常環身上的李鹿，一語不發地又喝了點酒，將酒盞內清空後，緊咬著溼潤的嘴唇，然後再舔了舔，感覺就像是在猶豫該不該說出想說的話。

「……殿下？」

「那個……韓伊，我可以摸摸你的頭嗎？」

「咦？頭嗎？」

「嗯。」

頭？

韓常琛愣愣地點了點頭，而就在韓常琛為了讓李鹿好觸碰，而將上身稍微往前傾了一點時，李鹿吐出的氣息，似乎帶著滿滿的笑意。

「這樣就可以了嗎？」

「哈哈，不是啦，我不是那個意思……」

因為不知道對方到底是什麼意思，韓常琛便維持著低頭的狀態，這時一雙溫暖的手輕輕地將他的頭抬了起來。

「我是因為，覺得很神奇。」

李鹿那捧著下巴的大手，也觸碰了耳根及頸部，韓常琛瞬間感受到了與身體在因藥物而感到躁動前相似的感覺，腰部下方輕顫、喘不過氣……有種身體裡有電流在流動的感覺。

他那一時猶豫的手輕輕摸了摸韓常琛垂下的頭髮，在像是要將髮絲弄亂似的不斷輕輕撥弄後，又再次溫柔地撫摸著頭頂……然後又稍微猶豫了一會後，戳了戳韓常璟的臉頰，接著慢慢地收回了手。

「你怎麼盡是做些討人喜歡的事呢？」

「……我嗎？」

「嗯。」

李鹿拿起酒瓶，將自己空盪盪的酒盞以及韓常璟那幾乎見底的酒盞再次倒滿。

「剛開始覺得那似乎不是刻意做出來的，所以覺得很可愛，不過在更了解你之後，就覺得就算是故意的也無所謂了。」

啊……為了釐清李鹿所說的話而發著愣的韓常璟在心裡告訴自己，還是先冷靜下來吧。

韓常璟便努力壓抑著那不知分寸的躁動心情。

冷靜！不論是出於何種意義，他口中的可愛……怎麼可能會是自己想的那種意思嘛！不過幾秒前，他才決定要有自知之明。嗯，沒錯，殿下可能是拐彎抹角地想指責自己就算無知，那也太無知了……

「因、因為我有很多不懂的事情……」

「不不不，我不是故意那麼說你，我剛剛說的那句話是真心的。」

李鹿眨起了一邊的眼睛，繼續慢慢地說下去。

「你很可愛，也很漂亮。」

「……」

「我指的並不只是臉蛋……而是指你所說的每一句話，和你做出的每一個舉動，全部都很可愛。」

「喔……」

與自己所想的不同，李鹿親切地說明了自己的言下之意。

雖然語氣就像以往一樣溫柔，但卻感受不到一絲軟弱的感覺，他就像是為了防止韓常璟隨便做出奇怪的猜測，而想要事先說明清楚。

「喔……我……」

「嗯，你？」

「這、這是第一次。」

「什麼？」

「我是第一次聽到那種稱讚……所以……我不太清楚該回您什麼……」

身體突然湧現出比剛才還要炙熱個好幾倍的熱氣，被肚臍下方的沸騰感所嚇到的韓常璟趕緊端正了姿勢。

難道……又不是摸了身體的哪裡，怎麼會突然這樣？

「你會熱嗎？」

「有、有點？」

「因為你看起來還沒醉，但臉變得有點紅……還是說我也這樣？」

「嗯……不，殿下的話我不太清楚。」

臉頰的確是有點泛紅……但也沒有那麼紅，他依然是那張總是非常帥氣的臉。

「再這樣下去會喝醉的，從現在起，必須慢慢喝才行。」

「是……」

雖然回答是那麼回答，但手總會不自覺地伸向酒盞，若是不喝酒的話，李鹿就會一直想要餵食自己。

如此一來，自己的視線就會莫名地停頓在李鹿的手指上……然後再不自覺地偷看他那稍稍張開的雙唇以及尖挺的鼻子。

因為努力不去注意反而令人變得更在意，韓常璟只好不停地喝著眼前的酒。

「啊……嗯，我們剛才在聊什麼呢……母親她啊，我的意思是皇后娘娘，她特別擅長韓式弓箭喔，連西式弓箭也很擅長。」

「哇……」

就像是想轉換這變得稍微有點尷尬的氣氛似的，李鹿開啟了其他話題，而韓常璟也尷尬地笑著，做好聽故事的準備。

「聽說她小就學了。」

「啊啊，她當時就……啊，娘娘當時就在宮裡了嗎？」

「不，她是在自家長大的，但是因為從小家裡就在談論與父親之間的婚事，所以才會事先做好準備。照理來說，本來就會在舉行國婚之前，先入宮學習各種事物，但是像現在這樣，在國婚前待在宮裡這麼久的，韓常琛是第一個。」

「啊啊……」

哎呀，韓常琛盡量自然地將視線轉移到桌上，因為突然聽到自己的名字，搞得他的心臟差點就要掉出來了。

「若是她沒入宮的話，搞不好會待在泰陵選手村呢，在我小的時候，她常常會這麼說，說若是自己沒有當皇后的話，那會過著什麼樣的生活呢……之類的。」

「原來如此，當初一定得結婚嗎？皇后她……啊，皇后娘娘……」

雖然平常講話也不是很乾脆，但現在聽起來似乎更模糊不清了，再加上話從口出之後，這才發現自己所問的問題非常奇怪。

總之，皇后娘娘可是生下皇子殿下的人，但這聽起來就像是在問兒子，你母親怎麼這麼可惜地結了婚呢？

「這個嘛……雖然聽說她小時候的確也懷抱著自己的夢想，不過比起那樣的夢想，她更想要皇后這個位子。」

也許是因為這些日子以來已經說了不少奇怪的話，李鹿似乎並不是很介意。

「那殿下您……您也有其他夢想嗎？」

「我嗎？那當然。」

李鹿一邊表示自己有很多想做的事情，一邊將酒盞裡剩下的酒往口中送去。

「雖然這聽起來很離譜，但我曾夢想成為恐龍……也想成為醫生、也想當飛機機長，計程車司機似乎也不錯……」

想起童年時期的李鹿嘴角露出了一抹空虛的微笑。

真令人意外，那眾多的夢想之中，居然沒有想當廚師的夢。

難道這個意思是表示……就算表現得這麼好、就算如此有自信，但那一切終究只是宮中禮法學習中的一環罷了，與個人意願毫無關連嗎？

「總之，雖然有很多想做的事，但我還是很喜歡李皇子的位子，而因為沒辦法擁有想要的一切，所以我便選擇放棄了平凡的人生。」

「……」

「大家都是這樣的，母親、父親、哥哥……還有其他家人們都是……我們偶爾嚮往的平凡人生並不是一般的平凡人生，我們想要的是不用辛苦地過活，不用為了生計而擔心，能舒服過生活的那種人生。」

「所以我總會像現在這樣，若是有人問起，我就坦率地表露我的欲望，不過真正平凡的人若聽了這種話，心情一定會很差吧？當然，他們都認為這是因為年幼無知才會說出這種話，所以根本就沒有人認真看待……」

雖然可以拋開皇族的稱號，去過平凡的人生，但好運到手的一切讓人心生貪念，所以儘管覺得痛苦，也還是會一直硬撐著……

「總之，待在這個位子上，就會一直有想做的事情，所以我才會到現在都放任那個流氓般的韓常環在宮裡過著那種生活。」

喉嚨辣到像是吞下了火球似的灼熱，李鹿口中的韓常環並不是自己，而是在指責以自己名字過活的李韓碩，所以根本不需要害怕，但是當自己喜歡的聲音清清楚楚且憤怒地講出了自己的名字時，心裡的難受仍是難免的。

要是知道事情會變成這樣，早知道當初就告訴他自己的名字也叫韓常環了。說是因為同名而感到神奇，所以趙東製藥才會把自己帶走。

想到這裡的韓常環突然驚嚇了一下，並快速地搖了搖頭，居然在討厭謊言的人面前，若無其事地又想編造另一個謊言，到底為什麼會這樣？真的不想再增加任何會讓殿下感到失望的事情了。

「嗯……我們剛才聊到哪了……啊，對，韓式弓箭。我啊，比起弓箭，似乎更擅長用刀呢，做菜也覺得有趣，劍舞也跳得挺好的。」

「劍舞……那是什麼？」

「嗯……簡單來說就是拿著劍跳舞，你要看嗎？」

「咦？在這裡嗎？」

雖然閣樓不算窄，但是似乎也不是個適合拿來跳舞的場地，而且手裡還要拿著劍……

「哈哈，雖然我也很想展示給你看，不過這裡什麼都沒有，我就給你看看影片好了。」

李鹿用手掌拍著自己身旁的空位，示意要韓常璟靠過來。

在好奇心的驅使下，韓常璟馬上過去坐在了李鹿身旁，李鹿便馬上拿出了手機，搜尋起了關鍵字。

「哇！好多殿下喔！」

手機畫面裡充滿了各種不同樣貌的李鹿。

哇……這輩子從沒想過希望可以得到什麼……但這還是自己第一次希望自己可以有一臺手機，這樣每當自己好奇李鹿在說什麼的時候，還可以搜尋的話，那該有多好。

「喔，這個的瀏覽數更高耶！」

「啊，這個啊……這不是春秋館上傳的，是我的粉絲所拍攝的影片，整個畫面只集中在臉部，看不太到舞姿的部分。」

「這樣啊……」

哇，還有粉絲會做這種影片啊……這聽起來就像是不同世界會發生的事情。

嗯……這的確是不同世界……

「啊，對了，也差不多該好好整頓一下連花宮的帳號了。真的是要瘋了，要做的事怎麼這麼多啊？」

李鹿「呼」的嘆了聲氣，按下了播放鍵。

「總之，這大概是……我八歲的時候？應該是國中博的紀念活動吧……啊，對耶，沒有錯。」

「國中博？」

「國立中央博物館的簡稱啦，還有這是……啊，怎麼會有這個影片？」

「喔？我要看，我全部都想看。」

網站上一直出現相關的影片，上面不停地出現李鹿那比現在還年幼的臉，當事人李鹿也許是因為覺得尷尬，所以只是不停地啜飲著酒，而韓常璟就像是要被吸入畫面似的，偷偷看著不同時期的李鹿。

「哇！您的箭射得很好呀！鏡頭剛才碎了呢。」

某個影片裡，在全國運動大會的西洋弓箭比賽開始前，年幼的李鹿示範射箭，而他也驚人地射中了靶心。

賽事的轉播記者那表示因為靶上的相機鏡頭直接破碎，所以比賽得稍微延後開始的嗓音裡，比起擔心，更多的是心滿意足。

「不過因為大家對西洋弓箭本來就抱有相當大的期待，所以表現得好是基本，若是表現不好就會被罵，因此，當需要在開幕典禮或是紀念儀式上射箭時，大家都會非常緊張，也會不停練習，我們家族之中，應該沒有人不會射不中相機鏡頭吧。」

「哇……全部嗎？」

「對，儘管不是職業選手，也能做到這種程度。真不知道選手們該有多厲害，很多在奧運奪下金牌的選手，就連國內比賽的決賽都進不了呢，因為大家實在是太厲害了。」

「真的嗎？」

「對啊。」

李鹿開心地簡略說明起了韓國西洋弓箭的偉大。

奧運……之前好像看過，但卻想不起什麼，雖然自己的確是有可以看電視的時間，但是也許是因為總是只看研究員們轉給他看的頻道，所以韓常瑮的腦海中並沒有任何印象深刻的場面。

「我對文化產業或藝術相關領域很有興趣，所以……我一直都很想當奧運維持委員會，或準備委員會的人員。」

那是種那帶著小心、且充滿興奮的嗓音，韓常瑮因為不想遺漏李鹿的任何一個字句，便努力將耳朵靠近了過去。

李鹿在房裡稍微提到有關大學的事情時，還覺得很垂頭喪氣的說，現在為什麼會這樣呢？

嗯……是因為這不是在談論自己的未來，而是李鹿的未來嗎？

沒錯，未來的某一天……就算無法待在他身邊，也許還是能在遠處看著他的夢想，那不切實際的希望總是不停地湧上心頭。

「要是讓我……讓我當上相關人員就知道了，我會把西洋弓箭被壓縮的一切全部弄回來。」

李鹿散發著炙熱的眼神，表示騎馬射箭、蹲跳射箭……總之就是要把那些古代兵書上所記載的射箭方式全都導入比賽之中。

「自己國家表現得好的項目就沒關係，但卻對我們國家表現得好的項目感到不順眼……ＩＯＣ那群傢伙真是太令人無言了。」

也許是因為有了醉意，李鹿的聲音變得有點高昂，韓常璟則是難以忍住自己不斷冒出的笑意，雖然不太清楚李鹿在說什麼，但總之自行想像著要以西洋弓箭來壓倒全世界並快速地說著話的李鹿……沒錯，若要用李鹿的話語來說，那就是……看起來真美。

「啊，至於這是什麼時候……」

順著李鹿的話語，將頭輕輕靠向手機方向的韓常璟……似乎瞬間領悟到了什麼，並逐漸僵硬了起來。

因為那跳躍的談話主題，再加上音量開得很大的影片聲，所以一直都沒有發現。

——自己現在非常自然地被李鹿抱在了懷裡。

「怎麼了？」

「沒……沒什麼。」

是不是該做點什麼讓他知道？但現在的樣子已經很尷尬了……

——《柳樹浪漫02待續》

高寶書版集團
gobooks.com.tw

CRS030
柳樹浪漫 01
버드나무 로맨스

作　　者　moscareto
譯　　者　徐衍祁
封面繪圖　月見斐夜
編　　輯　賴芯葳
美術編輯　林鈞儀
排　　版　彭立瑋
企　　劃　李欣霓

發 行 人　朱凱蕾
出　　版　朧月書版股份有限公司
Hazy Moon Publishing Co., Ltd.
地　　址　臺北市內湖區洲子街 88 號 3 樓
網　　址　www.gobooks.com.tw
電　　話　(02) 27992788
電　　郵　readers@gobooks.com.tw（讀者服務部）
傳　　真　出版部　(02) 27990909　行銷部 (02) 27993088
郵政劃撥　19394552
戶　　名　英屬維京群島商高寶國際有限公司臺灣分公司
發　　行　英屬維京群島商高寶國際有限公司臺灣分公司
初版日期　2023年8月

國家圖書館出版品預行編目 (CIP) 資料

柳樹浪漫 / moscareto 作 ; 徐衍祁譯 . -- 初版 . -- 臺北市 : 朧月書版股份有限公司出版 : 英屬維京群島商高寶國際有限公司台灣分公司發行 , 2023.08
面 ;　公分 . --

譯自 : 버드나무 로맨스

ISBN 978-626-7201-77-0 (第 1 冊 : 平裝)

862.57　112008053